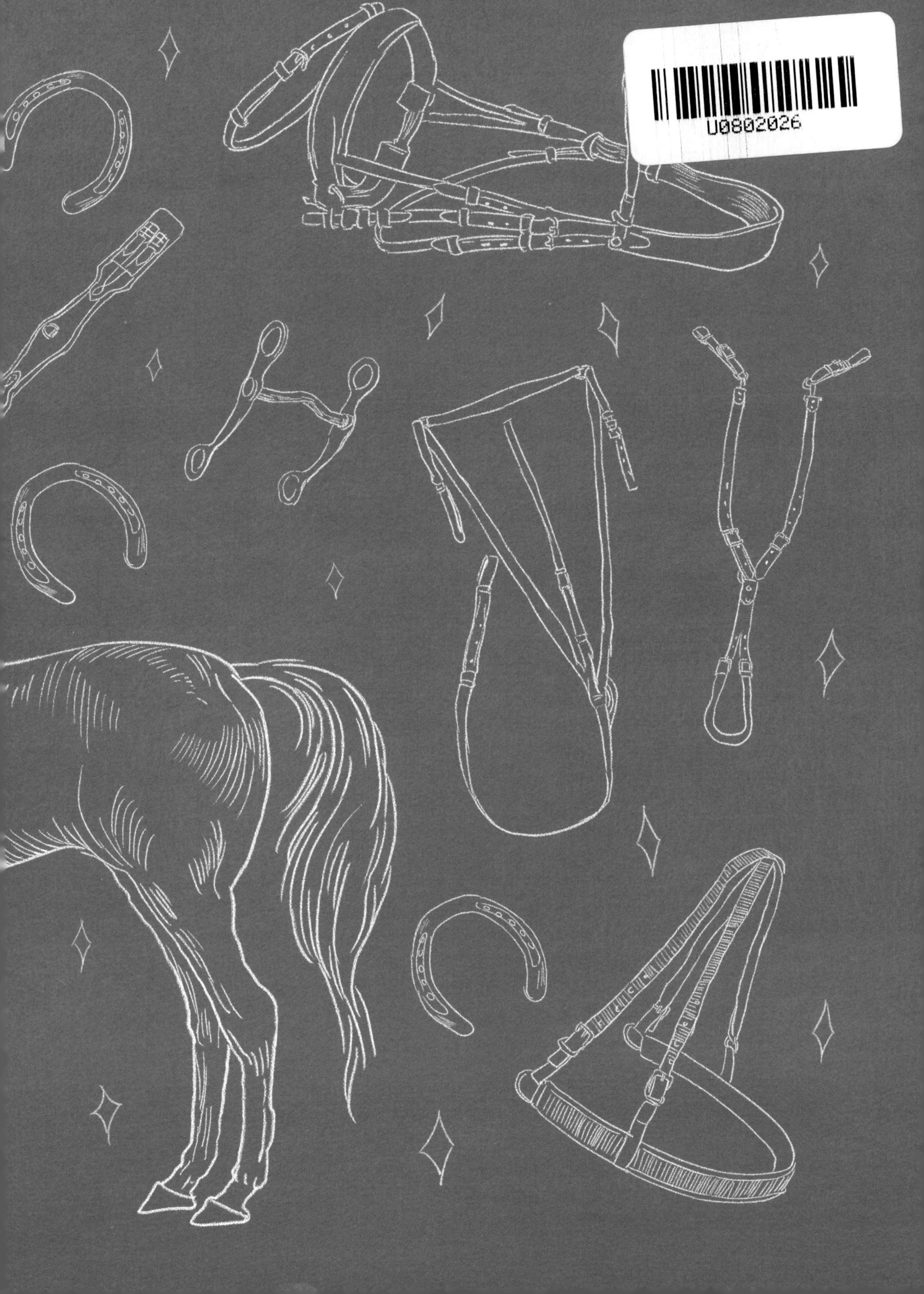

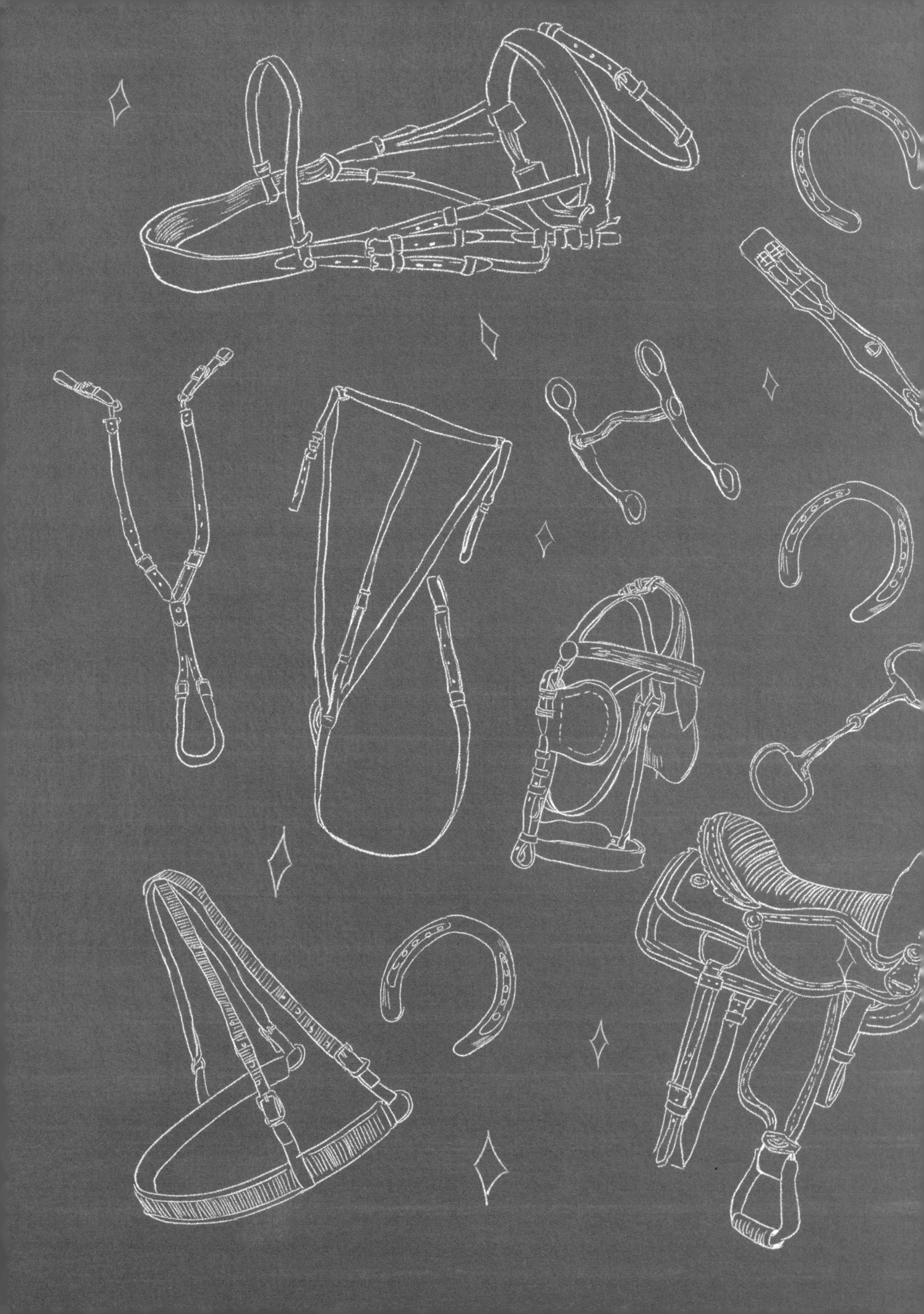

作家榜®经典名著

★ ★ ★ ★ ★ ★ ★ ★

读经典名著，认准作家榜

本书译自

*Jarrold & Sons*出版社1877年初版《黑骏马》

BLACK BEAUTY
黑骏马
[英] 安娜·塞维尔 著 李晖 译
四川少年儿童出版社

目 录

第一部分

01　我早年的家

我能清楚记得的第一个地方，是一大片宜人的草场。草场上有片清澈的池塘，几棵成荫的大树斜倚在水上，池塘最深处生长着灯芯草和睡莲。从一边的树篱上望去，能看到一片耕过的田地。另一边，越过大门，能看到我们主人的房子，就在路边。草场的最高处是一片冷杉林；低洼处，一条奔跑的小溪悬流于陡峭的堤岸上。

那时候我还小，离不开妈妈的奶水，因为还不到吃草的时候。

白天我在她身边跑来跑去，夜里就挨在她身边躺下。天热的时候，我们常站在池塘边的树荫里；天冷时，我们待在小树林附近的一间温暖舒适的棚子里。

我一长到能吃草的年纪，妈妈就白天出去工作，晚上才回来。

除我之外，草场上还有六匹小马，他们年纪都比我大，有的体形差不多都和成年马一样了。我经常跟着他们一起奔跑，玩得非常开心。我们在田野上撒腿飞奔，一圈又一圈地尽情撒欢。有时也玩得相当粗野——他们经常会一边跑一边厮咬和尥（liào）蹶（juě）子。

一天，他们正闹腾得厉害，妈妈嘶鸣了一声，唤我来到她跟前，对我说："我下面要说的话，希望你仔细听好。生活在这里的马驹都是好马，但他们是拉货车的马，当然也就没学会什么是礼貌。而你是出身好的良种马，你父亲在这一带名气很大；你祖父在纽马克特赛马会上得过两次奖杯；你祖母是我所见过脾气最好的马，我想你从没看见过我踢谁或者咬谁。我希望你长大后温顺又善良，永远别学那些坏毛病，做事要心怀善意，跑步时要适当地抬脚，就算是玩也绝对不踢不咬。"

我从来没忘记母亲的忠告，我知道她是一匹聪明的老马，主人很器重她。她的名字是“公爵夫人”，但主人大多喊她宝贝儿。

我们的主人是个善良、温和的人，给我们吃得好、住得好，说话也亲切，对我们讲话就像对他的小孩们一样和蔼。我们都很喜欢他。母亲对他非常依恋，每当看见他在门口，她就高兴地嘶鸣着朝他小跑过去。他便会拍拍她，抚摩着她说：“嗨，老宝贝儿，你的小黑怎么样啊？”我的皮毛漆黑，所以他叫我小黑。然后他会给我一片面包，特别好吃，有时他会带一根胡萝卜给我母亲。所有的马儿都会来找他，但我想他对我们最偏心。赶集的日子里，我母亲总是拉一辆轻便的两轮马车载他去镇上。

有个在耕地里干活儿的男孩，名叫迪克，他有时会来我们这边摘树篱上的黑莓吃。等把想吃的都吃完，他就会拿小马们找乐子，朝他们扔石块或树枝让他们奔跑。我们并不太在意他，反正跑开就行了，但有时也会被石块砸伤。

一天，他又在搞这套把戏，完全不知道主人就在旁边的地里，看着正在发生的一切。主人猛地跳过树篱，一把抓住迪克的胳膊，给了他一记结实的耳光，迪克又惊又痛地号叫起来。我们一看见主人就小跑过来，看看是怎么回事。

“坏小子！”他说，“你个坏小子！敢欺负这些小马驹。这可不是一两次了，但这是最后一次。给——拿上你的钱滚回家，别让我在农场再看见你。”之后，我们再也没见过迪克。年老的丹尼尔，他负责照料所有的马匹，他和我们主人一样温和，所以我们过得很舒心。

02 打猎

在我不到两岁的时候，发生了一件令我终身难忘的事情。那时是早春，夜里下了一点霜，树林和草场上的薄雾尚未散去，我和其他马驹正在田野的低处吃草。这时，我们听见远处好像有狗叫的声音。我们中最年长的马驹抬起头，竖起耳朵说："有猎狗！"然后撒腿就跑，剩下的马驹也跟着来到高处。从那里越过树篱，能看见远处的几片田野。母亲和一匹我们主人骑的老马也站在附近，似乎完全了解这事。

"猎人们发现了一只兔子，"母亲说，"要是他们往这边来，我们就能看见打猎的场面了。"

很快，那些狗就把旁边那块青翠的麦田拱了个遍。我从来没听过狗发出那样的叫声，不是吠叫，不是嗥叫，也不是吱吱叫，而是扯着嗓子不停地发出“呦！呦呜——，呦！呦呜——”的声音。狗群后跟着一伙骑马的人，有几个穿着绿色外套，风驰电掣般飞奔过去。主人的老马打了个响鼻，目光热切地尾随着他们。我们这些小马驹也想跟着一起飞奔，但他们很快就跑去了下面的田野。这时，他们好像停了下来，猎狗们不再叫唤，只是用鼻子贴着地面到处跑来跑去。

“他们跟丢了气味，”老马说，“没准那只野兔能逃脱。”

“是哪儿来的兔子？”我问道。

“哦！不知道是哪儿来的兔子。很可能是我们自己家的一只兔子从树林里跑了出去。只要发现兔子，那些狗和猎人就会去追。”没一会儿，猎狗们又开始“呦！呦呜——，呦！呦呜——”地叫起来。然后，他们一起全速返回，直奔我们的草场而来，冲向溪岸高处的树篱。

母亲说：“这下我们要看见那只兔子了。”话音刚落，一只惊恐的野兔从旁边疾窜而过，朝树林逃去。猎狗们追了过来，他们冲过堤岸，跃过小溪，穿过田野，猎人们骑着马紧跟其后，有六到八个人，在我们眼前一跃而过。那只兔子试图穿过树篱，但树篱太密，于是她急转弯朝大路跑去，但已经来不及了。猎狗们狂吠着一拥而上，我们听见了一声尖叫，那便是她的结局。其中一个猎人骑马上前，用鞭子把狗赶开——不然她很快就会被撕成碎片。他抓着一条流血、撕裂的腿把她举起来，所有先生们看上去都很高兴。

起初我惊得目瞪口呆，都没看见小溪边发生了什么事。但当我仔细一看，却是一幅悲惨的景象：两匹骏马倒下了，一匹在溪水里挣扎，另一匹在草地上呻吟。一名骑手正从水里爬出来，满身是泥；另一名躺着那里，一动不动。

“他的脖子断了。”母亲说。

“那他也是活该。”一匹小马说。我心里也这么想，但母亲并没有附和。

“哦，不是，”她说，“你们千万别那么说。虽然我是匹老马，见识过许多事情，却始终没搞明白人们为什么如此青睐这项运动。他们经常让自己受伤，经常糟蹋好马、毁坏田地，就为了一只野兔、一只狐狸或一头牡鹿，而这些本可以通过别的途径更轻松地获得。但我们只是马，不懂他们的想法。”

母亲说这话时，我们就站在那里看着。许多骑手朝那个一动不动的年轻人走过去，但第一个上前把他扶起来的是我们主人，他一直观察着发生的一切。那个年轻人头往后仰着，双臂下垂，每个人看上去都神色严肃。现在没有人喧闹了，就连狗也安安静静的，似乎知道出了什么事。大家把年轻人抬到主人家里。后来我听说，那是乡绅的独子，年轻的乔治·戈登——一个高大英俊的小伙子，曾是他们全家的骄傲。

大家骑着马分头去找医生和兽医，肯定也去找了乡绅戈登，好让他知道他儿子的情况。最后兽医邦德先生来了，看着躺在草地上呻吟的黑马，摸了摸马的全身，摇了摇头——马的一条腿断了。然后有人跑去我们主人的家里，拿了一把枪回来。不一会儿，就听到“砰”的一声巨响和一声可怕的哀鸣，一切都安静了，那匹黑马再也不能动弹。

母亲似乎非常痛心，她说她认识那匹马很多年了，他的名字是罗伯·罗伊。他是一匹好马，身上没任何坏毛病。后来她再也没去过那块地。

过了没几天，我们听到教堂的钟声响了很久。从大门望去，我们看到一辆长长的、很少见的黑色马车，上面盖着黑布，由几匹黑马拉着。接着一连来了好几辆车，全都是黑色的，而钟声一直当啷响个不停。他们要把年轻的戈登拉到教堂墓地去埋葬。他再也不会骑马了。罗伯·罗伊是被如何处置的我永远也不知道，而这一切都是为了一只小小的兔子。

03　接受驯教

我越长越漂亮了。皮毛变得又细又软，又黑又亮；我的一只脚是白色的，额头上有颗醒目的白星星，大家都认为我很英俊。四岁之前主人不会卖掉我，他说小孩子不该像大人一样工作，小马驹不该像大马一样干活儿，得等我们完全长大。

到我四岁的时候，戈登老爷来看我。他检查了我的眼睛、嘴巴和腿，把我从头到脚摸了一遍，然后让我在他面前走路、慢跑和飞奔。他似乎很喜欢我，说“要是训练好了，肯定会表现出色”。主人说他会亲自驯教我，因为他不希望我受到惊吓和伤害。他倒是没耽搁，第二天就开始了。

可能各位不知道什么是驯教，那我就来说

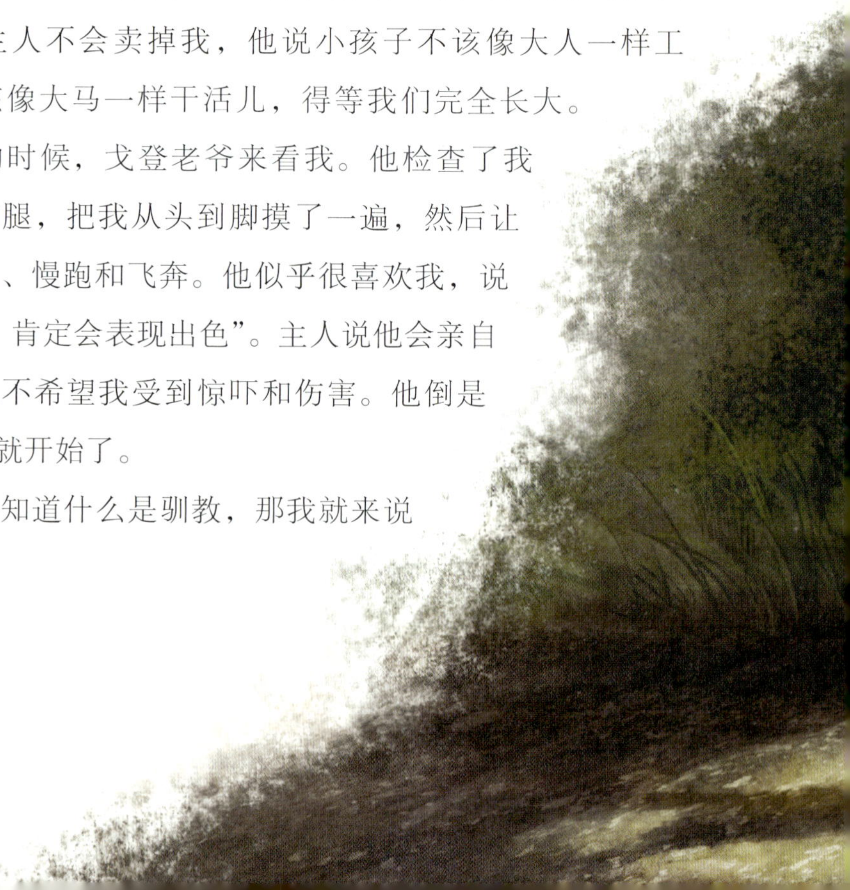

一说。驯教意味着教一匹马戴上马鞍[1]和马勒[2]，背上驮着男人、女人或孩子，要乖乖按照他们的意愿去他们想去的地方；除此之外，马匹必须养成戴颈圈[3]、尾带[4]和鞦带[5]的习惯，佩戴时要站立不动；然后把两轮或四轮马车绑定在后面，这样马在走路或小跑时就能拖着它，走快走慢都得听从驾车人的意愿；看到什么绝不能受惊，不能跟其他马说话，不能咬不能踢，不能有任何自己的意志，即便可能很累或者很饿，也要始终遵行主人的旨意；但最最糟糕的是，一旦套上了马具，就不可能高兴地蹦跳，疲劳的时候也不能躺下。所以你看，驯教这事儿可不一般。

当然，我早就习惯了缰绳和笼头[6]，习惯了在田野或小路上安静地被牵着走，可现在就要上马嚼子[7]和马勒了。主人像往常一样给了我一些燕麦，一番哄骗之后，他把马嚼子塞进了我的嘴里，固定好马勒，但这是一件非常令人讨厌的事情！没戴过嚼子的马，永远想象不出那感觉有多糟糕：一根冷冰冰、硬邦邦的大铁棒，和人的

---

1. 马鞍：骑马用的座椅，通常由软垫或皮革包裹。
2. 马勒：骑行时用来指挥马的装备，包括固定马嚼子的笼头以及系在马嚼子上的缰绳。
3. 颈圈：驾车时套在马脖子上便于马匹用力的厚皮革，也叫马轭。
4. 尾带：系在马鞍后部，从马尾下穿过的一根带子。
5. 鞦带：挽具上围绕马臀部的部分。
6. 笼头：套在马头上的挽具，通常会在上面系一根牵引绳，以便人们在地面上行走时控制或引导马匹。
7. 马嚼子：戴在马嘴里的金属棒，以便骑手控制马匹，也叫衔铁。

手指一般粗，被塞进嘴里，卡在上下牙之间，压在舌头上，末端延伸到嘴角外面，被头顶上、喉咙下、鼻子周围和下巴底下的皮带牢牢固定住。你根本没办法摆脱这个讨厌的硬东西，实在太难受了！哎，难受无比！至少我是这么认为的。但我知道母亲出门时总会戴着一个，所有的马长大后都得戴着。于是，美味的燕麦加上主人的爱抚、好话和轻柔的手法，我也就戴上了嚼子和马勒。

接下来是马鞍，倒也不算太糟；主人将马鞍轻轻放在我的背上，老丹尼尔抱着我的脑袋，主人接着一边把肚带[1]系在我身体下面，一边不住地拍拍我，和我说话，给我些燕麦，然后牵着我走动走动。之后每天如此，直到我开始自己寻找燕麦和马鞍。终于有一天早晨，主人跨上了我的脊背，骑着我在柔软的草场上兜了一圈。这确实让我不太舒服，但必须说，能驮着主人我感到相当自豪。此后他每天都来骑我一会儿，很快我就适应了。

接下来不爽的事情是钉蹄铁[2]。一开始也是很难，主人带我去铁匠铺，亲自看着，以防我受伤或受到惊吓。铁匠把我的蹄子握在手里，一只接一只地削掉蹄子上的一部分角质。我没觉得疼，便用三条腿站立不动，直到他把所有的蹄子都削完。然后他拿起一块和我蹄形一样的铁片，把它扣在上面，又把几根钉子从蹄铁钉进我的蹄子里，牢牢固定住。我的脚感觉又僵又重，但慢慢地也就习惯了。

---

1. 肚带：围绕马的肚子，把马鞍或所驮的东西紧系在背上的皮带。
2. 蹄铁：用钉子固定在马脚底的 U 形铁片。

到这一步，主人就要训练我套挽具[1]了，有更多新的东西要佩戴。首先，一个又重又硬的颈圈要套在我的脖子上；然后是一个两边带很大侧片的马勒，侧片紧贴我的眼睛，叫作眼罩[2]，确实是眼罩，因为我看不到两边，只能看到正前方；接着是一个小型马鞍，上面有一条让人讨厌的硬皮带，就套在我尾巴下面，那是尾带。我恨死了这东西，我的长尾巴被折起来穿过那条皮带，几乎和戴嚼子一样难受。我从没有这么想踢人过，但这么好的主人当然不能踢，于是慢慢地就都习惯了，

1. 挽具：套在动物（尤其是马）头部和身体上，以便控制动物并将其固定在车辆上的皮革和金属片。
2. 眼罩：戴在马眼睛外侧的皮革（有各种款式），用来阻止马向旁边看。

也能像母亲一样好好干活儿。

训练中有一个部分我不能不提及，我一直认为那使我受益匪浅。主人把我送到邻近的一个农场主那里待了两个星期，他有一片草场，草场一边挨着铁路。这里有绵羊和奶牛，我被安排待在他们中间。

我永远忘不了第一列火车驶过的情形。当时我正在草场和铁路之间的隔离带附近安静地吃草，听见远处传来一阵奇怪的声音，没等我弄明白声音是从哪儿来的，随着一阵急促的咔嗒声和喷出的浓烟，一长串黑色的东西飞驰而过，我还没来得及喘气它就已经没影儿了。我转身，以最快的速度飞奔向草场的另一边，站在那里又惊又怕，一个劲儿地打着响鼻。这一天里，还有许多别的火车经过，有些比较慢；它们停靠在附近的车站，有时停下来之前会发出可怕的尖叫和呻吟，非常吓人，但奶牛们继续安安静静地吃草。当那个黑色的可怕家伙喘着粗气哐当哐当经过时，她们几乎连头都没抬。

最初几天，我没法安下心来吃草，可当我发现这个可怕的家伙从不会开进草场也不会对我造成任何伤害时，便渐渐不理会它。很快，我也像那些牛羊一样不关心火车的经过了。

打那以后，我见过好多马一看见蒸汽火车，或听到它的响声就吓得惊惶不安。但多亏了我主人的贴心安排，我在车站一点儿都不害怕，就跟在自己的马厩(jiù)里一样。

要说谁想调教好一匹小马，这就是一个路数。

主人经常把我和我母亲套在一起赶车，她很沉稳，能比陌生的马更好地教我怎么行事。她告诉我，表现得越好受到的待遇就越好，尽最大努力让主人满意永远是明智之举。“但是，”她说，“人有很多种，有像我们主人这样善良体贴的，任何一匹马都乐于听他使唤；也有残暴、坏心眼的，他们根本不配拥有一匹马或一条狗；此外，还有许许多多愚蠢的人，他们自负、无知、粗心，从来不肯用心思，这些人糟蹋的马比谁都多，就因为没脑子，虽说他们也并非故意，但他们就是这么干的。我希望你能落在好人手里，但一匹马永远不知道谁会买他、谁来驾驭他，一切全凭运气。不过我还是要说，不管在哪儿都要尽力而为，要保住自己的好名声。”

04 波特威克庄园

那段时间，我常常站在马厩里，皮毛每天被刷得像白嘴乌鸦的翅膀一样光亮。那是五月初，戈登老爷家那儿来了一个人，他把我牵到了大厅里。我主人说："再见了，小黑，要做一匹好马，尽心尽力地好好干。"我没法说"再见"，就把鼻子伸到他的手里。他亲切地拍了拍我，这样，我便离开了我的第一个家。随后，我和戈登老爷一起生活了一些年，在此也说说关于那里的一些事情。

戈登老爷的庄园在波特威克村边上。从一扇大铁门进去，门口是第一间门房；小跑过高大的老树丛间一条平坦的马路后，又是一间门房和一扇大门；走进去就来到宅子和庭园。再往前，是家里的围场、老果园和马厩。马厩里可以容纳许多马和马车，但我只需描述一下我被带进去的这间。这里面非常宽敞，有四间很棒的隔栏[1]，一扇巨大的悬窗通向院子，让马厩通风又舒适。

第一间隔栏是方形的，很大，用一扇木门挡在后面，其他几间普通隔栏也很好，但没那么大；第一间里有一个低矮的架子，用来堆放干草，还有一个盛谷物的矮马槽。这间被称为散放圈[2]，因为放进去的马不用拴缰绳，可以随意活动。能有一间散放圈真是太棒了。

马夫将我安置在这间漂亮的散放圈里，里面干净、舒适，通风也好。我从没在比这更好的隔栏里待过，透过周围不怎么高的铁栏杆，我能看到外面所有的情况。

他给了我一些很好吃的燕麦，拍了拍我，和善地说了几句话就走了。

吃完燕麦，我便四下里看看。在我旁边隔栏里，站着一匹胖乎乎的灰色小矮种马。他有着浓密的鬃毛和尾巴，一颗俊俏的脑袋和小巧可爱的鼻子。

我把头凑到隔栏的栏杆上说："你好呀！你叫什么名字？"

他扯着缰绳尽可能地转过身来，仰着脑袋说道："我叫欢腿儿。我长得很漂亮，是给年轻小姐们骑的，有时也套上矮马车拉我们女主人出去。她们都很器重我，詹姆斯也是。你要住在我旁边的隔栏吗？"

---

1. 隔栏：马厩或马房里安置马匹的独立隔间。
2. 散放圈：马厩或马房内的独立围栏，马匹可以在其中自由活动，无需拴起来。

"是的。"我说。

"那好吧，"他说，"希望你脾气不错，我可不喜欢有个爱咬人的马住在我隔壁。"

就在这时，一个马脑袋从另一边隔栏探了过来，耳朵向后竖起，眼神看起来相当不友善。这是一匹高大的栗色母马，脖子长长的，很是帅气。她看着我说："原来是你把我从我的散放圈里赶出来的。就你这么个小马驹，竟跑来把一位女士赶出她自己的家，真是没道理。"

"请原谅，"我说，"我没赶走任何马，是带我来的人安排我在这里的，这事跟我没关系。至于说我是小马驹，实际上我已经四岁了，算是成年马。我还从来没和哪匹马争吵过，希望大家能和睦相处。"

"好啊，"她说，"我们走着瞧。我当然不想跟你这么个小东西争吵。"我没再说什么。

那天下午，在她出去的时候，欢腿儿把她的情况都告诉了我。

"是这样的，"欢腿儿说，"生姜爱咬人且脾气火暴，所以才叫她生姜。她在散放圈的时候经常脾气暴躁失控。有一天，她把詹姆斯的胳膊都咬流血了，吓得喜爱我的弗洛拉小姐和杰西小姐都不敢进马厩。以前她们经常给我带好吃的，苹果、胡萝卜或一片面包什么的，但自打生姜住进这间隔栏以后，她们就不敢来了，我非常想念她们。我真希望她们现在就来，如果你不咬人或发脾气的话。"

我告诉他，除了青草、干草和谷物，我从不咬任何东西，我想

象不出生姜会从中得到什么乐趣。

“嗯，我不认为她真找到了什么乐趣，”欢腿儿说，“那就是一种坏习惯。她说从来没有人好好对待过她，所以为什么不能咬人呢？当然，这是非常糟糕的习惯，但我肯定，假如她说的都是真的，她在来这里之前一定被虐待过。约翰想方设法地让她开心，詹姆斯也是尽一切努力，只要马没做错事，我们主人从来不用鞭子。所以我想，在这里，她的脾气可能会好起来。你看，”他一脸睿智地说，“我十二岁了，知道很多事情，我可以告诉你，对一匹马来说，乡野百里没有比这儿更好的地方了。约翰是我见过最好的马夫，他在这里已经十四年了，而且你绝对没见过像詹姆斯这么贴心的小伙子，所以，生姜没留在这间隔栏完全怪她自己。”

05 一个好的开始

马夫名叫约翰·曼利，他和妻子以及一个孩子住在专门的小屋里，离马厩很近。

第二天早晨，约翰把我牵到院子里，给我好好地刷洗了一番，直到皮毛又软又光亮。我正要走进隔栏时，老爷来了，他看着我，似乎很满意。“约翰，”他说，“我本想今天早上试一试这匹新来的马，但我有其他事情。要不吃完早饭你骑上他出去转转，经过公地和乔木林，再沿水磨坊和河边回来，看看他的步伐怎么样。”

“好的，先生。”约翰说。早饭后，他来给我试戴马勒。他很讲究地把皮带放松再收紧，好让我的脑袋舒服一点儿。然后他拿来一副马鞍，却不够宽，不合我的脊背。他立刻看出来了，便又去拿了一副，这下完全合适。他先是骑着我慢走，然后是一阵疾走，接着慢跑了一段，等踏上公地后，他用鞭子轻轻碰了我一下，我们就畅快地飞奔起来。

“嗬，嗬！小家伙，”说着，他拉紧了缰绳，“你是想跟着猎犬跑，是吧？”

我们穿过庄园回来时，遇到了正在散步的戈登老爷和夫人；他们停下脚步，约翰从我背上跳了下来。

“好了，约翰。他怎么样？”

“完全一流，先生，”约翰回答说，“他像鹿一样敏捷，精力非常充沛，只要缰绳轻轻一碰就知道怎么走。我们在公地尽头遇到了一辆行商马车，上面挂满了篮子、毯子之类的，你知道，先生，好多马经过这种马车时都不会安安分分的。而他只是仔细瞅了瞅，然后就尽可能安静而礼貌地继续往前走。有人在乔木林附近打兔子，在我们近旁放了一枪，他只是稍停一下看了看，没有往左右乱走一步。我只是稳稳握住缰绳，也没催促他，依我看，他小时候肯定没有受过惊吓或虐待。”

“那很好，”老爷说，“明天我亲自骑一骑。”

第二天，我被带到主人面前。我记着母亲和好心的老主人的忠告，尽量完全按他的要求去做。我发现他是一个非常好的骑手，对自己的马也很体贴。回到家时，夫人正站在大厅门口，他迎上前去。

“嗨，亲爱的，”她问道，“觉得他怎么样？”

“约翰说得一点儿没错，”他回答说，“太让人喜欢了，比我希望的还要好。我们叫他什么好呢？”

“叫黑檀如何？”夫人说，“他黑得就像块黑檀木。”

“不，黑檀不好。”

“黑鹂怎么样，跟你叔叔的那匹老马一个名？”

“别，他可比那匹老黑鹂帅多了。”

“就是，”她说，“他的确是个美人儿，一张惹人喜爱又好脾气的脸，一双清秀、聪慧的眼睛——你说叫他黑美人怎么样？”

“黑美人——哎呀，对，好名字。你喜欢的话就叫这个吧。”于是我便有了名字。

约翰走进马厩时告诉詹姆斯，主人和夫人为我选了一个好听的名字，很适合我，也有意思，不像马伦戈、珀珈索斯或阿卜杜拉这种。他们俩都笑了，詹姆斯说：“要不是怕让人想起过去，我真该管他叫罗伯·罗伊，我从来没见过两匹马长得这么像。”

“这不奇怪啊，”约翰说，“你不知道农场主格雷家的老公爵夫人就是他俩的母亲吗？”

这事我以前从来没听说过。原来，那次狩猎中死去的可怜的罗伯·罗伊，就是我的亲哥哥！难怪我母亲当时那么痛心。看来，马是没有亲人的，至少被卖掉以后就再也不知道彼此了。

约翰似乎很为我骄傲，他时常把我的鬃毛和尾巴打理得跟女士的头发一样顺滑，还会跟我说很多话。当然，他说的我并不都明白，但我学着领会他越来越多的意思，以及他想让我做什么。我愈加喜欢他，他是那么温和、善良。他似乎知道一匹马的感受，在为我刷洗时，他知道我什么地方怕疼，什么地方怕痒；刷头的时候，他会很小心地避开我的眼睛，就好像是他自己的一般。他从不会惹得你发脾气。

詹姆斯·霍华德，那个马倌，也同样温和可亲，所以我觉得自己真是幸运。院子里还有一个帮工，但他跟我和生姜相处得不多。

后来有几天，我不得不和生姜一起拉车外出。我不知道该如何和她相处。然而她表现得非常好，除了在我被牵到她跟前时，她朝后竖了竖耳朵。她干活儿踏踏实实，一点儿懒也不偷，跟这样的伙伴一起拉车再好不过了。我们往一处山坡上爬时，她没有放慢步伐，而是将全身的力量压在颈圈上直接往上拉。我们在干活儿时同样有魄力，约翰经常要拉住我们一点儿而不是催着往前赶，他从没对我们两个动过鞭子，而且我们的步伐基本一致，我发现小跑时很容易跟上她的节奏，这让人感到愉快。主人就喜欢我们步调保持一致，约翰也是。一起出去两三次后，我们变得相当友好且合得来，我感到就像在家里一样自在。

至于欢腿儿，他和我很快就成了好朋友。他是一个快活、勇敢、好脾气的小家伙，是所有人的宠儿——尤其杰西和弗洛拉小姐，她们经常骑着他在果园里转来转去，跟她们的小狗弗里斯基玩得不亦乐乎。

我们主人还有两匹马，住在另一间马厩里。一匹叫贾斯蒂，是匹杂色小马，用来骑乘或者拉行李车；另一匹是年老的棕色猎马，名叫奥利弗爵士。他现在已经不干活儿了，但因为深得主人喜爱，主人就经常让他在园子里跑一跑，有时拉一点儿轻东西，或者在年轻女士和她们的父亲骑马出去时驮上她们当中的一个；因为他像欢腿儿一样非常温和，主人可以放心地把孩子交给他。贾斯蒂是一匹身体强壮、身材匀称、性情温和的马儿，我们有时会在围场里聊几句。不过，我跟他当然不可能像和生姜那样亲密，生姜和我可是住在同一间马厩里。

06 自由

我在新家过得很开心，要是我仍怀念些什么，千万别认为是出于对当下的不满。所有和我打交道的人都很好，我住着明亮、通透的马厩，吃着最好的食物。我还能要什么呢？嗨，自由！前四年里，我拥有我所希望的一切自由。可现在，一星期又一星期，一个月又一个月，而且肯定是一年又一年，除非有人使唤我，否则我必须日日夜夜地站立在马厩里；我必须像其他工作了二十年的老马一样稳重、安静，身上到处是皮带，嘴里头卡着嚼子，眼睛上还遮着

眼罩。好吧，我也不是在抱怨，因为我知道马就得是这样。我只是想，对一匹精力充沛的年轻马来说，他已经习惯了在大片的田野或平原上昂起头、甩开尾巴全速飞奔，绕一大圈回来后冲他的伙伴们打一个响鼻——我是说——再也没有一点儿让自己随心所欲的自由，是件难过的事情。当活动量比平时少的时候，我会感到自己浑身充满了生机和活力，以致当约翰带我出去活动时，我简直无法保持平静；我想做什么就做什么，好像自己非得蹦跶、扭动或跳腾一番，我知道我肯定费了他不少劲儿，尤其是刚出去那会儿，可他总是那么耐心和温和。

“冷静，冷静，我的孩子，”他会说，“等下我们就撒开腿跑一跑，很快你脚上的痒痒就会消失不见啦。”一出村子，他就让我快跑上几英里，然后把我带回来，我便又像先前一样神清气爽，按约翰的说法——烦躁全无。有活力的马，如果没得到足量的运动，往往会被说成容易受惊，其实这只是他们在玩闹而已。有些马夫会惩罚他们，但我们的约翰不会，他知道这只是因为我们精力旺盛。不过，他还是有他自己的方式，通过说话的语气或缰绳的触碰来让我明白。假如他非常严肃和坚决，从他的声音我就会知道，对我来说，这比任何东西更有威力，因为我非常喜欢他。

应该说，有时候我们有几个小时的自由时间，那往往是在夏季，天气晴朗的星期天。星期天马车从来不出去，因为教堂就在不远处。

对我们来说，星期天被赶到家里的围场或老果园，是极大的享受。脚下的草地那么柔软和凉爽，空气那么甜美，可以随心所欲是那么令人愉快——奔跑、躺卧、打滚儿或啃食清香的杂草。而后，大家一起站在那棵巨大栗子树的树荫下聊天，便是最好的时光了。

07 生姜

一天，当只有我和生姜站在树荫下时，我们聊了很多。她想知道我所有成长和驯教的经历，我便告诉了她。

“唉，”她说，“假如我也像你这样长大，没准儿也会有你这样的好脾性，但现在我相信我永远不会了。”

“为什么呢？”我说。

“因为我的情况完全不一样，”她回答说，“不管是马还是人，从来没有谁对我好过，我也不想讨谁的喜欢。我一断奶就被人从我母亲身边带走，和其他许多小马驹放在一起，他们没一个关心我，我也不在乎他们。没有像你主人那样善良的人来照料我，和我说话，给我带好吃的东西。照看我们的那个人一辈子没对我说过一句好话。我并不是说他虐待了我，但他对我们一点儿也不关心，只负责让我们填饱肚子、冬天有蔽身的地方。我们的田间有一条小路，路过的大男孩经常扔石块逼我们奔跑。我没被打中过，但有一匹漂亮小马的脸被严重割伤，我想那块疤是终身的了。我们虽然不在乎他们，但这自然而然地让我们变得更狂躁。大家心里都认定，男孩们都是我们的敌人。我们在草地上开心地玩耍，在田野上自由地跑来跑去，一圈又一圈地互相追逐，然后就在树荫下安静地站着。但接受驯教的时候到了，这对我来说是一段糟糕的经历。好几个人过来抓我，把我堵在牧场的一个角落里，一个人扯住我额头的鬃毛，另一个人紧紧抓着我的鼻子，我几乎喘不过气来；接着又有一个人强行握住我的下巴，猛一下把我的嘴掰开，就那么粗暴地把缰绳和嚼子塞进了我的嘴里；之后一个人用缰绳拽着我走，另一个人在后面用鞭子抽，这是我生平第一次领受到男人们的‘仁慈’，完全就是暴力。他们没给我一点儿机会去了解他们想要我怎么做。我血统高贵、很有灵性，而且性子很烈，想必没少让他们头疼。但我日复一日地被关在马厩里，全无一点儿自由，实在是太讨厌了。我焦躁、难过，希望有一天能摆脱现状。你自己也知道，那感觉糟透了！你还有一个体贴的主人，会耐心地哄你；而我，根本就没有你的那些待遇。

“有一个人——老主人莱德先生，我想，他原本很快就能把我哄好，让我顺顺当当地听话。但他把所有棘手的行当都交给了他儿子和另一个有经验的人，自己只是偶尔过来看看。他儿子是一个高大、鲁莽的壮汉，他们叫他参孙。他经常夸口，没有一匹马能把他从背上甩下来。他身上没有他父亲那样的亲切，只有一种强硬——强硬的声音，强硬的眼神，强硬的手。我从一开始就觉得，他想把我的精神全都磨掉，把我变成一块安静、谦卑、顺从的马肉。是的，‘马肉’！他脑子里就是那么想的。”

生姜跺了跺马蹄，似乎一想到他就很生气，继续说：“只要我没能准确按照他的要求去做，他就会大发雷霆，让我在训练场上扯着长长的缰绳一圈接一圈地跑，直到把我累垮。他喝酒很凶，而且我很肯定他喝得越多，我的处境就越糟糕。有一天，他想了各种办法让我吃尽了苦头；我躺下时，又累又惨又生气，一切都显得那么艰难。第二天早上，他很早就来找我，又让我跑了好多圈。我刚休息还没一个小时，他又带着马鞍、马勒和一种新的马嚼子来了。我永远都弄不清楚这些是怎么回事。到了训练场，他刚骑到我背上，我就激他，他便用缰绳狠抽了我一下。新的马嚼子让我非常难受，我猛地立了起来，这下他火气更大，开始拿鞭子抽我。我感觉我整个灵魂都在跟他作对，开始又踢又跳，后腿直立，仰起身子，以前我从没这么干过。我跟他展开了一次又一次的较量，他在马鞍上坚持了很长时间，用鞭子和马刺[1]残酷地惩罚我。但我脾气彻底上来了，完全不管他做什么，一心想把他从背上扔下去。经过一场可怕

1. 马刺：骑手有时会在鞋跟上戴一种尖锐装备，用来催促马匹跑得更快。

的搏斗，最终我把他向后甩了出去。听到他重重摔在草地上，我顾不上看身后，一个飞奔冲到牧场的另一头，在那里我转过身来，看到那个迫害我的家伙慢慢地从地上站起来，

进了马厩。我站在一棵橡树下观望着，但没有人过来抓我。时间一点一点过去，太阳很毒，苍蝇成群结队地围绕过来，落在肚子两边被马刺扎伤流血的地方。我很饿，从清早起就一直没吃过东西，但那片草地上的草还不够养活一只鹅。我想躺下来休息，但马鞍绑得很紧，特别不舒服，四周也没有一滴水可以喝。下午慢慢过去了，太阳越来越低。我看到其他的小马驹被牵了进去，我知道他们正吃得高兴。

“终于，就在太阳落山的时候，我看见老主人端着一个筛子出来了。他是一位非常好的老人，已是满头白发，但他的声音就算混在一千个人当中我也能听出来。他声音不高也不低，但浑厚清晰而且亲切。他吩咐事情时，是那么沉稳和果断，无论马还是人，都听得出来他希望他人能好好听话。他静静地走过来，不时摇晃着筛子里的燕麦，乐呵呵地轻声跟我说：‘走吧，小姑娘！走吧，小姑娘！走吧，回家吧！’我站着不动，等他走上前来。他把燕麦拿给我，我便毫无顾忌地吃起来，听到他的声音，我所有的恐惧都没了。他站在一旁，在我吃东西的时候一边轻轻拍抚我，一边看着我身上的血块，似乎很是恼火。‘可怜的小姑娘！这都干的什么事儿，真糟糕。’然后，他一声不响地拿起缰绳，牵着我来到马厩，而参孙就站在马厩门口。我把耳朵向后竖起，冲着他叫了一声。‘往后站。’主人说，‘别挡她的道儿。你今天把这匹小母马整惨了。’参孙咆哮了一句，大约说我是恶劣的畜生之类的。‘听着，’他父亲说，‘一个坏脾气的人永远调教不出好脾气的马。你本事还没学到家，参孙。’他把我牵进隔栏，亲手摘下马鞍和马勒并把我拴好，叫人拿来一桶温水和海绵。他脱下外套，让马夫提着桶，用海绵将我身子两边擦洗了好一会儿。他动作非常轻柔，相信他知道我有多疼，伤口处肿得有多厉害。‘吁！我的美人儿，’他说，‘别动，站着别动。’他的声音让我很是安慰，擦洗的动作也让我非常舒服。我嘴角的皮破了，吃不了干草，草梗扎得我生疼。他凑近看了看，摇了摇头，叫人去拿来上好的麸皮糊，掺了些碎粉进去。那糊糊太香了！吃起来软软的，嘴一点儿也不疼。我吃的时候主人一直站在旁边，一边抚摩我，一边和那个人说话。他说：‘对这样一匹烈性子的马，如果不能用合理的手段驯教，以后什么也干不成。’

“打那以后，主人经常过来看我。等我的嘴长好，另一个驯马师——他们叫他乔布，继续训练我。他很沉稳，又周到细致，我很快就领会了他的要求。”

08　继续说生姜

我和生姜再一次单独在围场的时候，她跟我讲了她被贩卖之后待的第一个地方。

“驯教结束后，”她说，“我被一个贩马商买下，跟另一匹栗色马为伴。有几个星期，我俩一起拉车，然后我们被卖给了一位时髦的绅士，被送往伦敦。贩马商曾给我们戴过勒马缰[1]，那是我最讨厌的

1. 勒马缰：套在马鞍的鞍钩上、防止马低头的短缰绳。

东西。但到了那里，我们被勒得更紧了，马夫和他的主人认为这样看起来更气派。我们经常被驾着去公园和其他时髦的地方。没戴过勒马缰的不知道那是什么滋味，但我可以告诉你，糟糕透顶。

“我和其他马一样喜欢在走路时晃动脑袋，把头抬高。但现在想象一下，如果你把头高高甩起且不得不一连几个小时保持在那个高度，根本无法活动，只能把头往上抻，脖子酸痛得简直不知道要怎么忍受。除此之外，嚼子有两块衔铁而不是一块——我的嚼子很锋利，弄伤了舌头和下颌，舌头上流出的血把嘴唇边不断飞出的泡沫都染红了——嚼子和缰绳让我烦躁不安。最糟糕的是，当女主人参加某个盛大的聚会或娱乐活动时，我们

不得不一直站着待命，要是我急躁或不耐烦地跺脚，鞭子就抽过来了。这足以让人发疯。”

“你主人难道没有为你考虑过吗？”我说。

“没有，”她说，“就像他们说的，他只关心出行时是否风光、漂亮。我想他对马的事完全不懂，他把问题留给了他的马夫，马夫跟他说我脾气暴躁！说我还不太适应勒马缰，但应该很快会习惯的。但他可不是个会让我习惯的人，当我在马厩里又悲哀又愤怒的时候，他不是好心地安抚我，让我平静，而是只会粗鲁地责骂，要么就抽我一顿。如果他文明一些，我也会尽量忍受的。我愿意干活儿，也做好了吃苦耐劳的准备，但无缘无故被折磨，就为了他们所谓的时髦花样，这让我很恼火。他们有什么权利让我遭受这些？除了嘴巴酸痛和脖子僵痛之外，我的气管也一直非常难受。我知道，假如我继续待在那里，时间久了呼吸道都会坏掉。我越来越不安，越来越暴躁，我忍无可忍；只要有人来给我套马具，我就开始又咬又踢，为此，马夫没少抽我。有一天，他们刚把我们套进马车，正准备用勒马缰把我的头拉起来，我一下子使出全身力气跳腾起来，挣断了好多马具，真是一身轻松。于是，我在那地方的日子就这样结束了。

“之后，我被送到塔特索尔马市上出售。当然，他们没法保证我没有恶习，所以这方面只字未提。我英俊的外表和矫健的步伐很快就引来一位先生出价，结果我却被另一个商人买下。他用各种方式试探我，给我戴不同的马嚼子，很快就摸清了什么东西是我不能忍受的。最终，他骑着我时完全不用勒马缰。之后，他把我作为一匹完全温顺的马卖给了一位乡下的先生。那是位好主人，我的日子过得很顺心。但后来他的老马夫走了，来了一个新的马夫。这位就跟参孙一个样，脾气暴躁且手段强硬，说话时总是用一种粗暴、不耐烦的口吻。他叫我时，只要我在马厩里没立刻行动，他就会用马厩里的扫帚或铁叉敲我的关节，拣着什么就用什么。他所做的一切都很粗暴，我开始恨他。他想让我怕他，但我气性太高，全然不在乎。又有一天，他比平时更加让我恼怒，我就咬了他。他当然火冒三丈，便开始用马鞭抽我的脑袋。从那以后，他再也不敢进我的隔栏，我的脚后跟和牙齿就是为他准备的，他知道这点。我对主人相当平和，但他肯定听了那坏家伙的话，于是我又被卖了。

“先前那个把我卖到乡下的商人听说了我的消息，便告诉主人，他知道一个地方，我在那里应该能干得好。‘真是可惜，’他说，‘就因为缺少一次真正的机遇，这样一匹好马也落到要走这一步。’结果我便来到了这里，就在你来之前不久。但那时我已经认定男人是我的天敌，我必须保护自己。当然，这里的情况很不一样，但谁知道能维持多久？我也希望能像你一样想事情，但没办法，毕竟我经历了那么多。”

“也是，”我说，“不过我认为，如果你要踢、咬约翰或詹姆斯，那可不太地道。”

“我没想那么做，”她说，“只要他们对我好。我确实狠狠咬过詹姆斯一口，但约翰说，‘试着待她仁慈点儿’。而且詹姆斯并没有像我所预料的那样惩罚我，他绑扎好胳膊后来到我跟前，拿给我一些麸皮糊并温和地抚摩我，从此我再也没冲他凶过，以后也不会了。”

我为生姜感到遗憾。当然，我那时所知不多，认为她很可能做了最坏的打算。然而我发现，随着时间一点一点过去，她变得温和开朗了很多，过去对任何靠近她的陌生人所表现出的那种警惕、挑衅的眼神也不见了。有一天，詹姆斯说：“我敢说那匹母马开始喜欢上我了，今早我抚摩她额头时，她还对着我咴（huī）咴地叫呢。”

“是啊，是啊，詹姆斯，这就是‘波特威克药丸’，”约翰说，“用不了多久她就会变得像黑美人一样好了。仁慈就是她所需的良药，可怜的马儿！”主人也注意到了这种变化。有一天，他下了马车，像往常一样来找我们说话。他抚摩着生姜漂亮的脖子说：“嗨，我的美人儿，怎么样，现在你感觉怎么样？我觉得你比刚来这儿的时候要快活多了。”

“我们会治愈她的，约翰，”他说。

“是的，先生，她进步惊人，已不再是以前那匹马了，这都是‘波特威克药丸’的功劳，先生。”约翰笑着说。

这是约翰的一句玩笑话，他经常说，只要定期服用“波特威克药丸”，再顽劣的马也能治愈。他说，这些药丸由耐心、温和、坚定和爱抚组成，每样一磅，外加半品脱[1]常识，每天给马服用就行了。

1. 品脱：容积单位，主要用于英国、美国和爱尔兰。

09 欢腿儿

教区牧师布洛姆菲尔德先生有一大家子的男孩女孩，有时他们会来找杰西和弗洛拉小姐玩。其中一个女孩和杰西小姐一样大，另外两个男孩大一些，还有几个小家伙。他们来的时候，欢腿儿就得忙个不停，因为没有什么比轮流骑着他在果园和家里的围场上转来转去更让他们高兴的了，而且他们一骑就好几个钟头。

一天下午，欢腿儿和他们在外面待了很长时间，当詹姆斯把欢腿儿牵进马厩、卸下笼头时，说道："好啦，你个淘气鬼，可得规矩一点儿，要不我们就有麻烦了。"

"你都干什么了，欢腿儿？"我问道。

"噢，"他摆了摆他的小脑袋说，"我只是给那几个年轻人一点教训。他们玩起来没个够，也不知道我受不受得了，所以我就把他们从背上撂了下去，这样他们总该明白了吧。”

“天哪！”我说，“你把孩子们甩下去了？我还以为你懂事儿，不会那样呢！你把杰西小姐和弗洛拉小姐也甩下去了？”

他看起来非常生气，并说道：“当然没有！就算为了马厩里上好的燕麦我也不会干这种事。怎么会呢，我对我们年轻的小姐们和对主人一样用心，至于那几个小家伙，我只是在教他们该如何骑马。当他们在我的背上显得惊慌失措或摇晃不稳时，我就像老猫追逐一只小鸟那样平稳而缓慢；等他们没事时，我又会加快脚步；你知道，这只是为了让他们适应。所以，就不烦劳你对我说教，我是那些孩子们最好的朋友，也是他们最好的骑术教练。我可没把他们撂下去，而是那些男孩，”他摇晃着鬃毛说，“男孩们很不一样，他们和我们还是小马驹的时候一样，必须得调教，也得懂得天高地厚。其他孩子骑了我将近两个小时，男孩们认为该轮到他们了，也确实如此，我也乐意。他们轮流骑着我在田野上和果园里跑来跑去，足足有一个小时。每人还砍了一根很粗的榛(zhēn)树枝当马鞭，抽打我时也有点儿狠，但我都安然接受了。直到我觉得他们该玩够了，就停下两三次作为暗示。你知道，男孩们以为一匹马能像一台蒸汽机或脱粒机一样一直跑下去，想他跑多快就能跑多快。他们从来不觉得马儿会累或者有任何情绪。所以，当抽打我的人浑然不觉时，我就用后腿立起来，让他从背上溜下去——仅此而已。男孩再次骑到我身上，我还是这样做。之后另一个男孩上来，开始用树枝抽我，我就把他撂在草地上；他们再骑，我再撂，直到他们明白过来——就是这样。他们不是坏孩子，也不是故意要那么残忍。我挺喜欢他们，但我必须给他们一个教训。他们把我带到詹姆斯面前告状时，他看到那么粗的树枝好像非常生气。他说那是牲口贩子或吉卜赛人用的，不适合年轻的绅士们。”

“我要是你，”生姜说，“就给那些孩子狠狠一踢，那样才能给他们一个教训。”

“不用说，你肯定会，”欢腿儿说，“但我不至于傻到（请原谅我这么说）惹恼我们的主人，或者让詹姆斯难堪。此外，那些孩子在骑

马的时候是由我负责的，我告诉你，他们是托付给了我的。怎么说呢，就在前几天，我听到主人对布洛姆菲尔德夫人说：‘亲爱的夫人，您无需为孩子们担心；我的老欢腿儿会像你我一样照顾好他们的；我向您保证，那匹小马给我多少钱都不卖，他脾气那么好，那么让人信赖。’难道你认为我是个不知好歹的畜生，忘记了五年来我在这里受到的所有善待，忘记了他们对我所有的信任，就因为几个无知的男孩对我不好而变得恶劣？不，不会！你从来没有在一个好的地方生活过，没有被好好对待过，所以你不懂，我也为你感到遗憾。但我可以告诉你，好的地方能造就好马。我不会为了任何事情让我们的主人为难，我爱他们，真的。”说着，欢腿儿用鼻子发出“呼，呼，呼”的叫声，就像每天早上他听到门口传来詹姆斯的脚步声时常做的那样。

“再说了，”他继续说，“假如我踢人，会是什么下场？何苦呢！我即刻就会被卖掉且落下个坏名声，或者在某个肉店伙计的手下被奴役，或者在海边某个地方苦熬到死——没一个人会关心你，只是想知道你能跑多快；或者拉着车被一路鞭打——车上有三四个大人物要出去过星期天，就像在之前住的地方经常看到的那样。不，”他摇摇头说，“我希望我永远别走到那一步。”

10 果园里的谈话

生姜和我不是一般的高大挽车马，我们身上更多的是赛马血统。我们站立时大约十五掌半[1]高，因此，既适于骑乘也适合拉车。主人常说，他不喜欢只能干一件事情的马或者人。他不想在伦敦的公园里骑行时过于招摇，所以更喜欢那种活跃、实用的马。对我们来说，最大的乐趣是套上马鞍参加骑马派对。一路上，主人骑着生姜，夫人骑着我，年轻小姐们骑着奥利弗爵士和欢腿儿，我们一起快步或小跑，那是多么兴高采烈又心旷神怡。最享受的是我，因为我总是驮着夫人，她体重轻，声音很甜美，握缰绳的手也很轻柔，我几乎感觉不到她的牵引。

1. 十五掌半：约为 157 厘米。掌，非国际单位制；在许多英语国家，被用于测量马的身高。

哦！假如人们知道一双轻柔的手对马来说是何种的安慰，又是如何让马脾气温顺、嘴巴完好，他们肯定不会猛甩或拖拽缰绳——可他们经常那样做。我们的嘴如此敏感，在还未因无知的虐待而损坏或变硬时，马夫手上最轻微的动作我们都能察觉，瞬间就知道需要我们做什么。我的嘴从没被损坏过，我相信这是夫人更偏爱我而不是生姜的原因，尽管生姜的步伐肯定和我的一样矫健。生姜经常羡慕我，说她的坏脾气都是因为驯教不当以及伦敦的马嚼子害的。然后老奥利弗爵士就会说："行了，行了！别自寻烦恼了，你是最光荣伟大的！一匹母马驮着我们主人那么高大的身子，还能精力充沛、行动灵活，何必因为没驮着夫人而垂头丧气！我们马必须随遇而安，只要是被善待，就该永远心满意足、永远心甘情愿。"

我那时经常纳闷，奥利弗爵士的尾巴怎么那么短，实际就六七英寸长，上面只挂着一绺(liǔ)毛。一次，我们在果园里度假，我大胆地问他，是什么意外让他失去了尾巴。"意外？"他哼哧哼哧地，一脸怒气，"那可不是意外！是一种残酷、一种可耻、一种冷血的行为！那时我还年轻，被带到了一个做这些残忍事情的地方，被绑得紧紧的，不能动弹；然后他们来了，把我那又长又漂亮的尾巴连骨头带肉割下来拿走了。"

"太可怕了！"我惊呼道。

"可怕，啊，是可怕！但那不只是疼痛，虽然疼痛很要命而且会持续很久；也不只是我最好的装饰被夺走的耻辱，尽管那很糟糕；关键是，我怎么能再把身体两侧和后腿上的蝇虫赶走？你们这些有尾巴的马，随随便便就把它们掸掉了。你们不知道，让蝇虫在身上叮来叮去却再也没办法把它们甩开是一种什么样的折磨！我告诉你们，这是终身的屈辱，也是终身的损失。不过谢天谢地，他们现在不这么干了。”

“那他们这么做是为了什么？”生姜问道。

“时髦呗！”这匹老马跺着脚说，“为了赶时髦，你知道那是什么意思吧！在我那个时代，没有哪匹有教养的年轻马尾巴不被剪成那种丢脸的样子的，就好像仁慈的上帝创造我们时不知道我们想要什么、怎么样最好看似的。”

“我想正是时尚才让他们用那些可怕的马嚼子把我们的头高高勒起，我在伦敦的时候简直深受其苦。”生姜说。

“当然是这样，”奥利弗爵士说，“在我看来，时尚是这世上最邪恶的东西之一。就说现在他们对待狗的方式——剪掉尾巴使其看起来更精神；修尖耳朵使其看起来更聪明伶俐。简直太过分了。我曾经有个密友，一只棕色狸犬，他们叫她斯凯伊。她非常喜欢我，从来不在我的隔栏外面睡觉。她把窝搭在马槽下面，在那里生了五只小狗，漂亮得不得了，一只也没夭折，都是很珍贵的品种，斯凯伊可高兴了！它们一睁开眼睛就开始爬来爬去，是那么招人喜欢。但是有一天，某个人进来把它们都带走了；我以为他是怕我踩到它们，但事情并不是这样。傍晚时分，可怜的斯凯伊用嘴把它们

一只一只叼了回来，它们不再是先前快快乐乐的模样儿，而是血淋淋的，可怜巴巴地在那儿哭叫着。它们的尾巴都被剪掉了一截，漂亮耳朵的软瓣儿几乎被剪没了。她舔着孩子们，得多么心疼啊，可怜的小东西！这事我永远忘不了！它们很快便痊愈了，也忘记了疼痛，但那块漂亮的软瓣儿——当然是为了保护它们耳朵的脆弱部分免受伤害和遮挡灰尘，永远失去了。人们为什么不把他们自己孩子的耳朵修尖，让他们显得聪明伶俐？为什么不把他们的鼻尖削掉，使他们看起来更精神？这和上面的做法是一个道理啊。他们有什么权利来折磨和毁坏上天的造物？”

奥利弗爵士虽然温和，却是位充满血性的老兄，他所说的一切对我来说是那么陌生、那么骇人，以至于在心头升起了一种对男人的憎恨，这是以前从来没有过的。生姜自然非常激动，她昂起头，眼睛闪闪发亮，鼻孔张得大大的，声称男人既是野兽又是笨蛋。

“谁在说笨蛋呢？”欢腿儿说，他刚从老苹果树那边过来，之前一直靠着矮树枝挠痒痒，“谁在说笨蛋呢？我相信那是个坏词。”

“坏词是就用来说坏事的。”生姜说，她把奥利弗爵士刚才说的跟他讲了一遍。

“这都是事实，”欢腿儿悲伤地说道，“在我最早生活的地方，我一次又一次地看见狗遭受这种折磨，但我们不要在这里谈论。你知道主人、约翰还有詹姆斯一直对我们很好，在这样一个地方说男人的坏话似乎不那么公平，或者说是没良心；除了我们的主人以外，也还有好主人和好马夫，当然，我们的是最好的。”

好心的小欢腿儿这番睿智的话倒是真的，我们也知道，这让我们都冷静了下来，尤其奥利弗爵士，他非常喜欢主人。为了转移话题，我说：“谁能告诉我眼罩有什么用？”

“不能！”奥利弗爵士立刻说，“因为它没用。”

“想必是为了防止马胆怯或受惊，以免造成事故。”杂色矮脚马贾斯蒂不紧不慢地说道。

“那干吗不给他们骑的马戴上，特别是女士们的马？”我说。

“因为没理由这样做，”贾斯蒂平静地说，“除非是为了赶时髦。他们说，如果马看到自己身后的马车轮子或车厢，肯定会吓得失控。可是马被人骑着的时候，如果街上拥挤，肯定也会看到周围的车轮。我承认有时候它们确实离得太近，让人不快，但我们不会逃跑，我们已经习惯了，知道是怎么回事。假如从来没给我们戴过眼罩，我们应该永远也不会需要它。我们应该看清路上有什么，这样会少受很多惊吓；戴上它只能看到一小块地方，都不知道什么是什么。当然，有些马可能容易紧张，他们在年轻时受过伤害或惊吓，有眼罩可能好一些，但我从来没有紧张过，所以还是无法判断。”

“我是想着，”奥利弗爵士说，“在夜里戴眼罩是很危险的事情，我们马在黑暗中比人看得更清楚。如果能充分利用我们的眼睛，许多事故就不会发生。记得几年前一个漆黑的夜晚，两匹马拉着一辆马车回来，在经过农场主斯帕罗家时，由于大路离池塘很近，车轮又走得太靠边，马车翻进了水里，两匹马都淹死了，马夫也差点儿送了命。当然，在那次事故以后，池塘边装了结实的白色栏杆——很醒目；但假如那两匹马的视野没被挡住，他们自己就会离边缘远一点儿，也就不会出事故了。你来这儿之前，主人的马车也翻过。据说，如果左边的路灯没灭，约翰就能看到修路人留下的大坑。约翰可能也看到了，但假如老科林没戴眼罩，不管有没有灯，他都会看到那个大坑的；他可是一匹经验丰富的老马，不会贸然闯入危险的地方。结果，马受了重伤，车也撞坏了，天知道约翰是怎么逃脱的。”

“我想说，这些人如此聪明，最好下一道命令，今后所有的马驹出生时，眼睛必须正好在额头中间，而不是生在两侧！他们总是认为自己能优化自然、改造上帝创造的生灵。”生姜翕动着鼻孔说。

话题又变得让人痛心，这时，欢腿儿仰起他那张懂事的小脸说：“告诉你们一个秘密，我相信约翰不赞成戴眼罩，有一天我听到他和主人谈论这个问题。主人说，‘如果马已经习惯了戴眼罩，某些情况下不戴可能会有危险。’约翰觉得，如果所有的马驹在驯教的时候就不戴眼罩，就像其他国家一样，那将是一件好事。所以，让我们振作起来，跑到果园另一头去吧！

我猜风已经吹落了一些苹果，与其让鼻涕虫吃掉，还不如让我们吃了呢。”

欢腿儿的提议让人无法抗拒，于是我们结束了长谈，跑去嚼一些散落在草地上的甜苹果，重新打起精神来。

11 仗义执言

在波特威克庄园生活得越久，我就越为有这样一个家而感到自豪和高兴。所有认识主人和夫人的人都尊敬、爱戴着他们。他们善待每个人、每样东西，马、驴、猫、狗、牛和鸟，哪一个受到压迫或虐待，他们都会伸出友爱之手，就连对仆人们也是这样行事。只要村里的某个孩子残忍地对待动物，他们即使在庄园里也能很快知道。

据他们说，为了取缔拉车马身上的勒马缰，老爷和农场主格雷一起努力了二十多年。在我们这一带，已经很少看到那样东西了。有时候夫人遇到拉重车的马，如果马脑袋被勒得高高的，她就会停车下来，用她那好听又严肃的声音跟马夫理论，试着让他明白这么做有多残酷和愚蠢。

我想，没有哪个男人能顶得住夫人的劝说——希望所有的女士

都能像她一样。主人有时碰到这种事也会严厉训斥。我记得有一天早上，他正骑着我往家走，这时我们看见一个强壮的男人赶着一辆轻便小马车迎面而来。拉车的是一匹漂亮的栗色马，腿部修长，看上去高贵又机灵。就要到庄园门口时，小家伙转头朝大门走去，那男人没出声，也没发出任何警告，猛一下就把马头拽回来，力气大得差点儿让小马后腿跪倒在地。

小马重新站稳正要往前走，他的鞭子疯狂地抽了过来，小马一下子向前冲去，但那只强硬的手使劲拉缰绳，把漂亮的小家伙拽了回来，那手劲儿几乎要扯断马的下巴，同时鞭子也抽在马身上。这对我来说是骇人的一幕，因为我知道那张娇嫩的小嘴正遭受着多么可怕的疼痛，但主人一声令下，我们瞬时就赶了上去。

“索耶！”主人厉声喊道，“那小马可是血肉做的？”

“有血肉也有脾气，”那人却说，“他太喜欢自作主张，不合我的心意。”他说话的样子好像非常激动。他是一名建筑商，经常来庄园办差事。

“那么你认为，”主人严厉地说，“你这样对待他，他就能合你心意？”

“他没理由转那个弯，他应该直着往前走！”男人粗暴地说。

“那只说明他记性好，聪明，”主人说，“你经常骑这匹小马来我们庄园，他怎么知道你不是再去那里？但这不是关键，我必须说，索耶先生，我从来没见谁这么野蛮地对待一匹小马，这可不像一个男子汉干的事。你恣意宣泄你的怒火到如此地步，对自己人品造成的伤害甚至比对马的伤害还要大。”

主人骑着我慢慢往家走，从他的声音里我能听出这件事让他有多痛心。他一向直言不讳，不论是对与他同等地位的绅士，还是对地位低下的人都如此。还有一次，我们外出时遇到了兰利上校——主人的朋友，他正驾着一对亮灿灿的灰色马进行某种训练。寒暄几句后，上校说：“您觉得我这对新买的马怎么样，道格拉斯先生？您可是这一带相马的行家，我想听听您的意见。”

主人让我稍退后几步，以便看得清楚一点儿。“非常少见，漂亮的一对，”他说，“要是他们真如看起来的那样好，我相信您就不必奢望还有比他们更好的了。不过，我看您还抓着您那个宝贝玩意儿，这会让马烦躁，而且会削弱他们的力量。”

“您指的是什么，”上校说，“这条勒马缰？啊，哎呀！我知道您喜欢把这种事挂嘴边。好吧，说实话，我就喜欢看到我的马高昂着头。”

“我也喜欢，”主人说，“和别人一样喜欢，但我不喜欢看到他们被勒着脖子，那样会让马神采全无。我说，您可是一个军人，兰利！您肯定喜欢在阅兵时看到您的士兵精神抖擞、昂首挺胸的样子；但假如所有士兵的脑袋都被绑在一块板上，您的演习就不会获得多少赞扬！只是阅兵的话，这样做除了让士兵们焦躁和疲劳外，可能并无大碍；但在面对敌人刺刀的冲锋时，如果他们不能自由地使用每一块肌肉并把全部力量投向前方，那会怎么样？——他们不会有太多胜算。对马来说也是一样的，您消磨并惹恼他们，减损他们的力量，让他们无法全力以赴地投入自己的工作，以至于不得不过多地借助关节和肌肉，这当然更容易让他们疲惫不堪。您可以相信，马的头就像人的头一样本该是自由的，如果我们能稍稍多遵照常识行事，少追求时尚，会发现很多事情都将变得更容易。此外，您和我一样清楚，马走错路时，要是他的头和脖子被朝后勒住，那就不怎么能重新站稳。现在，”主人笑着说，“我已经让我的‘爱好’跑了一大圈，您就不能下定决心也实行看看，上校？有您做榜样会起到很大作用的。”

“我相信理论上您说得对，”上校说，“对士兵来说，这危害相当严重，不过——好吧——我会考虑的。”而后他们就分别了。

12 暴风雨一日

深秋的一天，主人有事要出一趟远门。我被套上双轮轻便马车，载着主人和约翰。我一向喜欢拉那辆车，它很轻，高高的车轮跑起来也舒服。才下过一场大雨，此刻风很大，吹得干树叶漫天飞舞。一路上大家都很愉快，最后我们来到了收费站边上的那座矮木桥前。河堤很高，但桥不高，只是横跨在河上。河水上涨时，水几乎要漫过桥中间的木框和桥板，但因为两边有结实的栏杆，人们也并不担心。

收费站门口的人说，河水涨得很快，今晚恐怕是糟糕的一夜。许多草场都被水淹了，路上低洼处的水快淹到我的膝盖了，但马车的底盘很牢固，主人驾车也谨慎，所以也不要紧。

来到镇上后，我当然被好好犒劳了一顿，但主人因为事务耽搁

了很长时间，我们直到傍晚才动身往家走。这时风更大了，我听见主人对约翰说，他从来没在这种暴风雨天气里出过门，我心想我也是头一次。走过一片树林的边缘时，我看见巨大的树枝如同细梢一样在空中晃来晃去，呼啦啦的声音很是可怕。

“但愿我们能安然走出这片树林。”主人说。

“是的，先生，”约翰说，“要是有大树枝掉下来砸着我们可就糟了。”

话音没落，就听见一阵吱嘎声，接着是咔嚓一下，伴随着噼里啪啦的响声、撕裂的声音，一棵橡树被连根拔起，轰然倒在了树林间，挡在我们面前的路上。说不害怕是不可能的，我怕极了，就停了下来，一动不动，全身发抖。不过，我没有转弯或逃跑，我一直以来接受的驯教可不允许我做那种事。约翰跳下马车，一下子到了我跟前。

“差点儿就出大事，”主人说，“现在要怎么办？”

“事已至此，先生，我们无法翻过那棵树，也没法绕过它；没别的路可走，只能返回十字路口，从那里绕过去。重新到木桥那儿还有足足六英里，那时回家就迟了，不过马的精神还足。”

于是，我们掉头从十字路口绕道过去。走到桥上时，天快黑了，水已经漫过了桥的中央。但因为洪水泛滥时有发生，主人并没有停下来。我们走得相当快，但当我的蹄子刚踩着桥面，就感觉不对劲。我不敢再往前走，死死站着不动。“走啊，黑美人。”主人说着用鞭子碰了碰我，但我不敢乱动，他使劲抽了我一下，我跳了起来，还是不敢往前。

“有些不对劲，先生。”约翰说。他跳下马车，来到我跟前四处查看，试图牵着我往前走。“来吧，黑美人，怎么了？”我当然没法跟他讲，但我很清楚这桥并不安全。

就在这时，河那边收费站的人从房子里跑出来，疯了一般摇晃着火把。

“嗨，嗨，嗨！喂！停下！”他喊道。

“怎么回事？”我们主人喊道。

“桥中间断了，一部分被冲走了，再往前走就掉河里了。”

“感谢上帝！”主人说。“好样的，黑美人！”约翰说道，他牵着缰绳，小心地把我转到河畔右手边的路上。太阳落了一段时间了，在那阵拔起树木的狂暴之后，风似乎平息了下来。天色越来越黑，夜越来越安宁。我静静地走着，车轮在松软的路面上几乎没任何声音。有好一阵子主人和约翰都没开口，然后主人开始用一种严肃的声音说话。他们说的什么我也不是很懂，但我听得出他们似乎觉得：如果我按主人的要求继续往前走，桥很可能就会在我们脚下坍塌，马、车、主人还有约翰都会掉进河里。而且水流非常湍急，没有灯光也没人帮忙，我们很可能都被淹死了。主人说，上帝赋予了人类理性，使他们可以自己发现问题；但他赋予动物不依赖理性的知识，而且这种知识要敏锐和精准得多，动物们经常以此来挽救人的生命。约翰讲起许多有关狗和马的故事，以及他们的非凡事迹；他认为人们对自家的动物还不够重视，他们原本应该和动物交朋友，却没有那样做。我敢说，如果还有一个这样做的人，那一定是约翰了。

终于，我们来到了庄园门口，发现园丁正张望着寻我们呢。他说，从天黑开始夫人就一直非常不安，担心出了什么事，就打发詹姆斯骑上矮脚马贾斯蒂往木桥那边去打听我们的消息。

门厅和楼上的窗户都亮着灯，刚来到跟前，女主人就跑出来说："你真的没事吗，亲爱的？哦，我一直担心得要命，幻想各种各样的事情！你们没出什么意外吗？"

"没有，亲爱的。要不是你的黑美人比我们聪明，在木桥那儿我们就都被冲走了。"后面的话我没听见，他们进了屋，约翰把我牵到了马厩。哦，那天晚上我的晚餐真是丰盛——上好的麸皮糊加碎豆子拌燕麦，还铺了厚厚的稻草床。我确实累坏了，可这些真叫人开心！

13 魔鬼的标记

有一天，约翰和我出门为主人办事，我们正沿着一条又长又直的道路慢慢往回走。隔着一段距离，我们看到一个男孩试图让一匹小马跳过一扇篱笆门。小马不肯跳，男孩就用鞭子抽打他，但他只是拐到一边。男孩又用鞭子抽他，小马又拐到另一边。然后男孩从马上下来，狠狠地抽了他一顿，还打了他的脑袋。随后又骑上去，还想让他跳，并一直无耻地踢他，但小马还是不肯。我们到那儿时，小马低下脑袋——尥蹶子，直接把男孩甩进了宽

阔的树篱里；然后晃荡着头上的缰绳，撒腿跑回家去了。约翰大笑起来，说："他这是活该。"

"哎哟，哎哟，哦！"男孩在荆棘中挣扎着，一边喊道，"我说，过来帮我一把。"

"不必了，"约翰说，"我想你在那地方挺合适，也许这点小擦伤能给你一个教训——不要让一匹小马跳一扇对他来说太高的大门。"说着，约翰便骑着马走开了。"没准，"他自言自语道，"那年轻人不仅是个骗子，还是个残忍的家伙。我们就往农场主布什比家的方向走吧，黑美人，要是有人想知道情况，我们就可以告诉他们，对吧？"我们拐进右边的岔路，很快来到了堆垛场，在那儿——屋里的人看到了我们。农场主急匆匆跑到了路上，而他妻子则站在大门口，看上去担心得不得了。

"你看到我儿子了吗？"我们走近时，布什比先生说，"一小时前他骑着我的黑色小马出去，刚刚小马跑了回来，骑马的人却不见了。"

"我说，先生，"约翰说，"要是他不能好好骑马，那还是别骑比较好。"

"这话是什么意思？"农场主问道。

"好吧，先生，我看到您儿子对一匹好好的小马又是抽又是踢，真是不像话，就因为他不肯跳过那扇对他来说太高了的门。小马表现挺好，先生，看不出有什么毛病，但最后他突然扬起蹄子，把那位年轻的先生掀翻在树篱里。您儿子想让我帮他出来，但我希望您能原谅我，先生，我不愿这样做。他没摔断骨头，先生，只会有一些擦伤。我爱惜马，看见他们被虐待我就恼火。把一匹牲口逼到尥蹶子，这可是很糟糕的，有第一次就会有下一次。”

那母亲闻言哭了起来：“哦，我可怜的比尔，我得去把他接回来，他肯定受伤了。”

“你最好进屋去，夫人，”农场主说，“比尔需要这样一次教训，就得让他吃一次苦头。他虐待那匹小马不是一两次了，我得阻止他。非常感谢你，曼利，你们慢走。”

于是，我们继续前行，约翰一路上乐得不行。回到家，他把这事告诉了詹姆斯，詹姆斯大笑着说：“他活该！我在学校时就认识那个男孩，就因为是农场主的儿子，他整天趾高气扬的，还经常夸夸其谈，并欺负那些小男孩。当然，我们几个年长的可不会听他废话，得让他知道，在学校和操场上，农场主的儿子和工人的儿子是一样的。我清楚地记得，一天下午上课前，他在大窗户边抓苍蝇，还把它们的翅膀扯下来。他没看到我，我给了他一记耳光把他放倒在地。好吧，虽然我很生气，但他扯着嗓子嚎叫那劲儿，差点儿把我吓坏了。

“男孩们从操场上冲了进来，校长也从路边跑进来看是不是谁遇害了。当然，我马上原原本本地说出我干了什么以及为什么这么干。我让校长看那些苍蝇——它们有的碎了，有的无助地爬来爬去；我又指给他看窗台上的翅膀。我从未见过校长如此生气，但因为比尔还在那里哭嚷和抱怨——他就是那没出息的样儿，校长没再给他其他惩罚，只让他整个下午剩下的时间不许离开凳子，并且这一个星期都不能出去玩。然后，校长非常严肃地围绕‘残忍’的话题对所有的男孩展开了讲话，并说伤害弱小和无助者是多么冷酷和懦弱。但让我印象深刻的是，他说残忍是魔鬼的标记。如果我们看到有谁以残忍为乐，就能知道他是魔鬼的人，因为魔鬼自始至终就是一个凶手，一个虐待狂。另一方面，当我们看到人们爱他们的邻居、善待人和动物，我们就能知道那些人有善良的标记。”

“你们校长教得再正确不过了，”约翰说，“没有爱就不存在信仰，人们可以尽情地谈论他们的信仰，但如果信仰不教他们善待人和动物，那就都是假的、骗人的，詹姆斯，一旦牵涉到事情的根本，那些把戏就站不住脚了。”

14 詹姆斯·霍华德

十二月的一个清晨，像往常一样遛完我之后，约翰把我牵进隔栏。正给我系盖布时，詹姆斯拿着一些燕麦从谷仓走了进来。这时，主人也来到了马厩。他看起来相当严肃，手上拿着一封拆开的信。约翰拴好我的隔栏门，摸着帽子行了个礼，等待主人的吩咐。

“早上好，约翰，”主人说，“我想知道你对詹姆斯是否有什么不满意。”

“不满意？没有啊，先生。”

“他干活儿踏实吗？对你是否尊重？你从来没发现他背着你偷懒耍滑吗？”

“从来没有，先生。”

“那就好。但我还有一个问题，你有没有怀疑过，他带着马出去活动或捎信的时候，会停下来和他的熟人聊天；或是把马匹留在外面，没事跑进人家房子里去？”

“没有，先生，肯定没有。我不相信有人会这么说詹姆斯；而且，除非有充分的证据摆在面前，否则我绝不信。我不想问是谁在诋毁詹姆斯的名声；但我要说的是，先生，我在这个马厩里从没见过比他更稳当、可爱、诚实、聪明的年轻人。我相信他说的话，也信得过他干的活儿。他对马温和，人又机灵，我宁愿把马交给他来照管，也不想交给我认识的那些戴着花边礼帽、穿着制服的年轻人——他们多半都不如他。有谁想了解詹姆斯·霍华德的为人，”约翰说着，坚决地把头一摆，“就让他们来找约翰·曼利。”

主人站在那里专注又严肃地听着，等约翰说完后，脸上泛起宽厚的笑容。他亲切地看着一直站在门口的詹姆斯，说：“詹姆斯，我的孩子，放下燕麦到这儿来。我很高兴约翰对你人品的看法跟我如此一致。约翰是个谨慎的人，”他说，带着一丝狡黠的微笑，“想听到他对别人的看法可不容易，所以我就想旁敲侧击，这样很快就能了解想知道的情况。现在我们来说正事。我的姐夫，也就是克利福德庄园的克利福德·威廉姆斯爵士，给我来了封信。他想让我给他找一个信得过的年轻马夫，二十岁、二十一岁都行，做事要在行。他的老马夫跟了他三十年，现在身体越来越不好，他便想找个人和老马夫一起工作，熟悉规矩，等老人退休时，就可以顶替他的位置。刚开始的一星期十八先令[1]，有一套马厩制服和一套驾车服，在马车房那边有一间卧室，还有个男孩在手下使唤。克利福德爵士是个好主人，你要是能得到这个职位，对你来说会是个好的开始。我不舍得让你走，我知道如果你走了，约翰就失去了好帮手。”

“确实是这样，先生，”约翰说，“但我也不愿耽误他的好前途。”

“你多大了，詹姆斯？”主人问道。

“明年五月就十九岁了，先生。”

“那还小，你认为呢，约翰？”

“是啊，先生，是还小，但已经像个男子汉了——稳重，强壮，长得也快；尽管他驾车经验还不足，但他眼疾手快，又有力气，人也细心。我敢肯定，他手下的马绝不会因为没照顾好马蹄和蹄铁而毁掉。”

“你的话最有远见，约翰，”主人说，“因为克利福德爵士的信里还附了一句，‘要是能找到一个由你的约翰调教出来的年轻人，我就再喜欢不过了’。所以啊，詹姆斯，好好考虑一下，晚餐时和你母亲谈谈，然后把你的意愿告诉我，小伙子。”

几天后，事情完全确定了下来，詹姆斯将在一个月或六个星期后去克利福德庄园，这对他的新主人来说时间也合适，同时他也

1. 先令：英国旧制辅币单位。1 英镑等于 20 先令，1 先令等于 12 便士。1971 年 2 月 15 日，英格兰银行实行新的货币进位制，辅币单位改为新便士，1 英镑等于 100 新便士。

要进行所有为他安排的驾车练习。我从来没看见马车如此频繁地外出，以前，夫人不出去时，主人就自己赶轻便马车出门；现在，不管是主人还是年轻的小姐们，即使就跑个腿，生姜和我都要被套进大车，让詹姆斯驾着我们。起初，约翰陪他坐在一起，告诉他这个那个，之后詹姆斯就独自驾车了。

主人在星期六会去城里的许多地方，我们被赶着穿过许多难走的街道，真是不可思议。他一定要赶在火车进站前到站台，和出租马车、四轮马车、运货马车和公共马车赶在一起过桥。铁路铃响起的时候，过桥对马和赶车的人都是个考验——桥很窄，进火车站前有个急转弯，如果做不到眼疾手快，稍不留神就会和其他车辆撞在一起。

15 老马夫

之后，主人和夫人决定去拜访一些朋友，他们住在离我们家大约四十六英里的地方，詹姆斯负责驾车送他们。头一天，我们走了三十二英里。有一些山路又长又费力，但詹姆斯驾车很小心，考虑也很周到，所以我们一点儿也不急躁。下坡时，詹姆斯从不曾忘记刹车，也不忘适时地松开刹车。他让我们的蹄子走在道路最平整的地方，如果上坡路很长，他就让马车轮稍稍横着在路上，这样就不会往回溜，也给了我们喘息的机会。所有这些细节都对马有很大的帮助，特别是他还会亲切地和我们说些话。

我们在路上停了一两次，太阳快下山的时候，到达了要过夜的小镇。我们歇宿在市场上的一家大旅店里。这家店非常大，车穿过拱门，我们进到一个长长的院子里，院子的另一头是马厩和马车房。两名马夫来牵我和生姜。领头的马夫是一个和善、活泼的小个子，一条腿歪着，穿一件黄色条纹马甲。我从没见一个人像他那么利索地解开马具，他轻拍了我一下，说了句好话，便牵着我来到一个长长的马厩——有六到八间隔栏，里面有两三匹马。另一个马夫把生姜牵了进来，詹姆斯站在一旁，看着我们被擦洗得干干净净。从没有人像那个小老头儿那样轻快麻利地给我清洗。他干完后，詹姆斯走上前来，在我全身上下摸了摸，似乎想着可能擦洗得不够彻底，却发现我的皮毛干净光滑得如丝绸一般。

“好吧，”他说，“我认为我挺快的，我们家约翰更快，但你洗得又快又彻底，确实比我见过的所有人都厉害。”

“熟能生巧，”歪腿的小个子马夫说，“如果不能又快又好，那就太丢人了！干了四十年，还不熟练，哈哈，那就太丢人了！至于说快，嗨，上天保佑！只是个习惯问题。如果你养成了做事快的习惯，那就和慢一样容易，应该说更容易。事实上，我的身体状况不适合为一项工作折腾两倍的时间。上天保佑！如果我像有些人那样磨磨蹭蹭地干，我就吹不了口哨了！你想，我从十二岁起就围着马转，先是在狩猎马厩里，然后是在赛马马厩里。你看，因为身材矮小，我干了几年赛马骑师。在古德伍德，你知道，草皮非常容易打滑，我可怜的拉克斯珀摔了一跤，导致我的膝盖碎了，因此，我在那里当然就没什么用了。但没有马我怎么活，当然不行，所以我去了旅店。我可以告诉你，驾驭这样一匹血统好、有教养，还被照料

得很好的牲口，是一种彻头彻尾的乐趣。上天保佑！我能看出一匹马是如何被对待的！把马交到我手上二十分钟，我就会告诉你他的马夫是什么样的。看看这匹马，友善、安静，你让他怎么转就怎么转，能抬起脚来让你清理，能做你希望的任何事情。再看另一匹，你会发现她局促、烦躁，要么不肯按正确的方式移动，要么开始穿越隔栏；你一靠近，她就把头甩起来，竖起耳朵，好像害怕你似的，要不就用蹄子对着你乱晃。可怜的东西！我知道他们受过什么样的对待！如果

他们胆小，就容易受惊或露怯；如果脾气暴烈，就会变得恶劣或者危险。他们的脾性大多是年轻的时候养成的。上天保佑！他们就像小孩子，如果有机会，要按正确的路子去培养他们，这样，等他们长大了，才不会偏离正途。”

“真喜欢听您说话，”詹姆斯说，“我们在家的时候，主人就是这样跟我们说的。”

“你主人是谁，年轻人，我能否冒昧问一句？就我看到的情况来说，他应该是个好主人。”

“他是波特威克庄园的戈登老爷，就在贝肯山的另一边。”詹姆斯说。

“啊！对了，对了，我听说过他，相马行家，是不是？本郡最好的骑手。”

“那应该是了，”詹姆斯说，“不过，自从可怜的小主人死后，他就很少骑马了。”

“唉！可怜的先生。当时我在报纸上看到了整个事情的报道。一匹好马也不在了，不是吗？”

“是的，”詹姆斯说，“一匹顶呱呱的好马呀，这一匹是他的兄弟，长得一模一样。”

“可惜了！可惜了！”老男人说，“要是我没记错的话，那是个很不好跳的地方，周围是薄薄的树篱，陡峭的堤岸下就是溪水，是不是？马根本没机会看清该往哪儿跳。现今我和其他人一样，也喜欢大胆骑行，但有一些跳跃动作只有非常了解情况的老猎手才有资格去做。一个人或一匹马的生命总比一条狐狸尾巴珍贵，至少，要我说应该是这样。”

在他们说话的当儿，另一个男人已擦洗完生姜，给我们端来了谷子，詹姆斯便和老头儿一起离开了马厩。

16 火灾

傍晚时分，另一个马夫牵着一匹旅客的马进来。正给马清洗的时候，一个叼着烟斗的年轻人懒洋洋地来到马厩闲聊。

“我说，托勒，”马夫说，“你去阁楼拿些干草放在这马架子上，好吗？就从梯子跑上去，不过，烟斗要先放一下。”

“好的。”年轻人说着，从活板门爬了上去，他踩过头顶的地板，把干草扔下来。詹姆斯进来最后看了我们一眼，就锁上了门。

我说不清睡了多久，也不清楚是夜里几点，只是醒来时非常不舒服，但又不知道是怎么回事。我站了起来。空气浑浊得简直让人窒息。我听到生姜在咳嗽，另一匹马似乎也非常不安。马厩里一片漆黑，什么也看不见，但里面全是烟，我几乎喘不过气来。

活板门一直开着，我想烟就是从那里进来的。竖起耳朵，我听到一种柔和又急促的噪音，夹杂着低低的、噼噼啪啪的响声。我不知道那是什么，但那声音里有种奇怪的东西，使得我全身都在颤抖。其他的马也醒了，有的在扯缰绳，有的在跺蹄子。

终于，外面传来了脚步声，把那位旅客的马牵进来的马夫提着灯冲进了马厩，开始给马解缰绳，试图把他们牵出去。可他似乎太着急了，不仅把自己吓得够呛，还让我更害怕了。第一匹马不肯跟他走，他又试着拽第二匹、第三匹，他们也不肯走。接着，他来到我跟前，试图强行把我拉出隔栏，当然也没用。他挨个试过我们所有的马，最后自己跑出了马厩。

无疑我们都非常傻，但似乎到处都是危险，周围也没有熟悉的人可以信任，一切都很陌生且充满不确定性。从打开的门里进来的新鲜空气让我们的呼吸顺畅了些，但头顶呼啦啦的响声越来越大。我透过空架子的栏杆往上一看，只见墙上有红光在闪动。我听到外面有人喊了一声“着火了！”，接着，那个老马夫一言不发地快步走进来。他把一匹马弄了出去，又来赶另一匹，但火焰在活板门周围打转，头顶上熊熊燃烧的声音令人恐惧。

我听到了詹姆斯的声音，悠哉又轻快，一如他平常的风格。

“来吧，我的黑美人，我们该走了，快醒醒，跟我来。”我站得离门最近，所以他先来到我身边，进门便拍了拍我。

“过来，黑美人，把笼头戴上，我的孩子，我们马上离开这个闷死人的地方。”笼头很快就系好了，他从脖子上摘下围巾，轻轻

系在我的眼睛上，又拍又哄地把我带出了马厩。到了院子里就安全了，他一边把围巾从我眼睛上抹下来，一边喊着：“来人哪！谁来牵着这匹马，我回去牵另一匹。”

一个高大魁梧的男人走上前来拉着我，詹姆斯则又飞快地冲进马厩。看见他离开，我发出了一声嘶鸣。事后生姜告诉我，发出那一声嘶鸣是我为她做过的最好的事情，要是没听到我在外面，她永远不会有勇气走出来。

院子里一片混乱。其他马厩的马也陆续被赶出来，大大小小的马车被拉出房子和棚屋，生怕火势进一步蔓延。院子另一边的窗户都被掀了起来，人们发出各种各样的呼喊。但我一直盯着马厩的门，里面冒出的烟比先前更浓了，闪烁着火光。不一会儿，在所有这些动静和喧嚣中传来一个响亮、清晰的声音，我知道那是主人声音：“詹姆斯·霍华德！詹姆斯·霍华德！你在吗？”没有人应答，但我听到马厩里有什么东西倒了下来，发出轰隆一声，紧接着我高兴地大叫了一声，因为我看到詹姆斯牵着生姜从烟雾里跑了出来。生姜猛烈地咳嗽着，詹姆斯被呛得说不出话。

“勇敢的小伙子！”主人说着，把手放在他肩膀上，“你没受伤吧？”

詹姆斯摇了摇头，因为他还没法回答。

“嘿哟，”牵我的那个大块头说，“的确是个勇敢的小伙子，一点儿没错。”

“那么，”主人说，“等你喘过气来，詹姆斯，我们就尽快离开这地方。”我们正朝着入口处走去，这时从市场那边传来急促的马蹄声和隆隆作响的车轮声。

“这是救火车！是救火车！”有两三个人喊道，“都往后站，让开！”两匹马风驰电掣一般掠过石子路冲进院子，身后拖着重型发动机。消防员跳下车，无需问哪儿着了火——它正以熊熊之势在房顶上肆虐翻滚。

我们以最快的速度跑出来，走进宽阔、安静的广场。夜晚的天空群

星闪耀，除了身后传来的嘈杂声，一切都那么安静。主人带我们来到市场另一边的一家大旅店，马夫一过来就说：“詹姆斯，我现在必须赶快去找夫人，两匹马就全托付给你，你需要什么只管吩咐他们。”说完，他就走了。主人并没有跑，但我从未见过有人像他那晚走得那样快。

进入隔栏之前，我们听见了一阵可怕的声音——那些被困在马厩里被烧死的、可怜的马的尖叫声，太恐怖了！这声音让我和生姜都感到非常难过。还好，我们被哄了出来，得到了妥善的照料。

第二天早上，主人来看我们的情况。他与詹姆斯说着话，我没听清多少——那时马夫在给我擦洗身体，但我看得出詹姆斯非常高兴，我想主人一定为他感到骄傲。夫人那夜受了很大的惊吓，所以行程推迟到了下午。詹姆斯便利用上午的时间，先去那家旅店看了看我们的马具和马车，又去打听了关于火灾的情况。回来后，他把这事讲给马夫听。起初谁都猜不出是怎么着的火，后来，有人说他看到迪克·托勒叼着烟斗进了马厩，出来的时候嘴里没烟斗，他又去酒吧里拿了一个。副马夫想起来，他让迪克上梯子扔干草下来前就要求过把烟斗放下。迪克不承认带了烟斗，但没有人相信他。我记得约翰·曼利的规定，我们马厩里绝不允许有烟斗，还认为这应该成为所有地方的规矩。

詹姆斯说，屋顶和地板都塌了，只剩黑黢黢的墙立在那里，两匹可怜的马没能出来，被压在了烧毁的椽子和瓦片下。

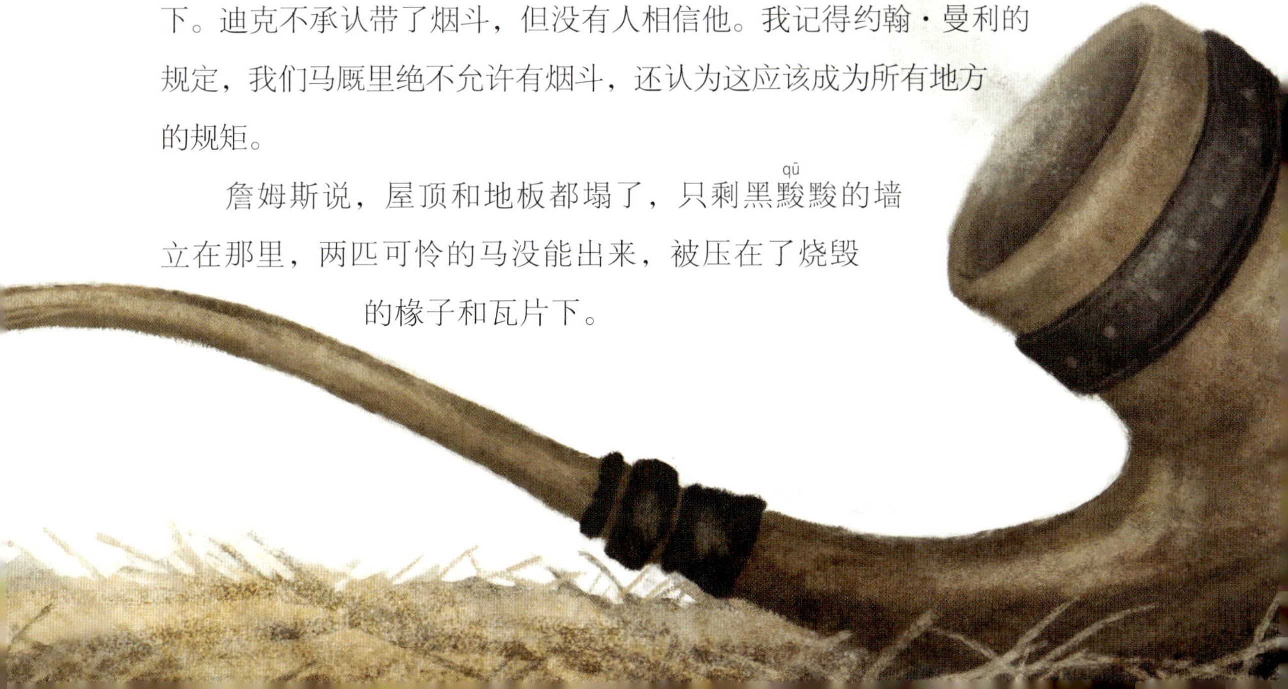

17　约翰·曼利的谈话

之后的旅程非常轻松。日落之后，我们到达了主人朋友的家。我和生姜被带到一个干净、舒适的马厩，马夫亲切和善，让我们非常自在。他听说了火灾的事情，似乎对詹姆斯评价很高。

“有一点很清楚，年轻人，”他说，“你的马知道可以信任谁。发生火灾或洪水时，把马从马厩里弄出来是世界上最难的事情了。我都不知道他们为什么不出来，但他们就是不走，二十四当中没有一匹会出来。”

我们在这里停留了两三天就回家了。路上一切顺利，我们很高兴再次回到自己的马厩，约翰见到我们也同样高兴。

他和詹姆斯准备离开我们去睡觉之前，詹姆斯问：“我想知道谁要来接替我的位置？”

“旅店的小乔·格林。”约翰说。

“小乔·格林！为什么是他？他还是个孩子！”

“他有十四岁半了。”约翰说。

“但他是个小家伙！”

“是的，他还小，但很机灵，而且心地善良。他非常想来，他的父亲也愿意，我知道主人想给他这个机会。主人说如果我觉得他不行，他会找一个大一点儿的男孩，但我说我很乐意让他试上六个星期。”

“六个星期！”詹姆斯说，“为什么？要等六个月他才能派上用场！那你要干的活儿可太多了。”

“没事，”约翰笑着说，“活儿跟我是好朋友，我还从来没有害怕过干活儿。”

“你真是个大好人，”詹姆斯说，“我希望我也能像你一样。”

“我不大爱讲自己的事，”约翰说，“但现在你就要离开我们，自己在这个世界闯荡了，我就跟你说说我对一些事情的看法。我像小乔那么大时，父亲和母亲在十天内相继死于热病，留下我和跛脚的妹妹奈莉在世上。我们俩无依无靠，没有一个可以投奔的亲戚。我是农夫的儿子，赚的钱还不够养活自己，更别说我们两个了。要不是夫人，妹妹肯定得去救济院（奈莉称夫人为她的天使，她完全有理由这么说）。夫人在老寡妇玛利特那边给她租了个房间，等她能干活儿了，就让她做一些编织和针线活儿。奈莉生病时，夫人会给她送来饭菜，还有许多漂亮又舒适的用品，待她就像亲生女儿一样。再说主人，他安排我进马厩里做事，在当时的老马夫诺曼手下干活儿。在这个家，我有饭吃，在阁楼上有自己的床，有一套制服，每周还有三个先令，这样我就可以帮助奈莉。还有诺曼，他本可以回绝，他都这把年纪了，不可能为一个只懂犁地的小毛孩儿费脑筋，但他待我就像儿子一样，对我不厌其烦。几年后老人去世，我接替了他的位置。当然，现在我拿着最高的工资，就算天有不测风云，我也都有所准备，而奈莉就像鸟儿一样快活。所以你看，詹姆斯，我不是那种对一个小孩子嗤之以鼻，让善良的好主人为难的人。不，不是！我会非常想念你的，詹姆斯，但我们会挺过去，没有什么能比为你的前景做一些好事更重要的了，我很高兴我能做到这一点。”

“这么说，”詹姆斯说，“你不赞成那句老话‘人各为己，天经地义’，是吗？”

“的确不赞成，”约翰说，“如果主人、夫人和老诺曼都只想着自己的利益，我和奈莉会到什么境地？不用说——她在救济院，而我在锄地！如果你只为自己考虑，黑美人和生姜会是什么下场？不用说——会被烧死！不，詹姆斯，那不对！不管谁用这句话，他都是自私、愚昧的。任何奉行‘一切为自己’的人，怎么说呢，在他睁开眼睛之前，很遗憾，就会像小猫小狗一样被淹死，我就是这么想的。”约翰说着，坚决地摇了摇头。

詹姆斯听着大笑起来，但声音还有些哽咽：“除了我母亲，你一直是我最好的朋友，希望你不要忘记我。”

“不会的，小伙子，不会的！”约翰说，“而且如果我能帮上你，我倒希望你不要忘记我。”

第二天，乔来到马厩，在詹姆斯走之前尽可能熟悉所有的活计。他学着打扫马厩，把稻草和干草抱进来；他开始清洗挽具，并帮着清洗马车。由于他个子太矮，完全没法帮我和生姜刷洗，詹姆斯便教他在欢腿儿身上练习。他将在约翰的带领下，全权负责照料欢腿儿。乔是个聪明可爱的小家伙，来干活儿时总是吹着口哨。

欢腿儿因被一个“什么都不懂的男孩”摆弄得团团转而感到“很不爽”，但在第二周快结束时，他私下里跟我说，他认为这个男孩会很有出息。

终于到了詹姆斯不得不离开我们的那一天。他一向都乐呵呵的，但那天早上看起来很是郁郁不乐。

他对约翰说：“你看，我得割舍好多——我母亲、贝琪和你，好心的主人和夫人，还有这些马以及我的老伙计欢腿儿。到了新的地方，我一个人也不认识。要不是因为我将得到一个更高的职位，加上能更好地帮助我母亲，我想我是下不了决心的。我好舍不得啊，约翰！”

“是啊，小伙子，的确如此。但如果第一次离开家你一点儿也不感到难过，那你也不值得我多么看重。高兴点儿，你会在那边交到朋友的。如果你跟他们相处得好——我相信你会的，对你母亲来说会是一件好事，她会为你去到那样一个好地方感到骄傲的。”

约翰的一番话让他振作了起来，但大家都为失去詹姆斯感到遗憾。至于欢腿儿，他难过了好几天，胃口大不如前。于是好几个早

晨，约翰都牵着他出去散心。约翰遛我的时候，欢腿儿也在一旁，他一会儿小跑一会儿奔驰，小家伙又打起了精神，很快也便没事了。

乔的父亲时常会进来帮忙，因为他熟悉这项工作。乔在学习中很能吃苦，约翰对他相当有信心。

18　去请医生

詹姆斯离开几天后的一个晚上，我吃完干草，躺在稻草上睡得正香，突然被马厩的铃声惊醒。铃声非常响，我听到门打开以及约翰跑向大厅的声音。很快他又回来，打开马厩的门锁走进来，喊道："醒醒，黑美人！你现在必须跑一趟，那段路你以前走过的。"我几乎来不及想，他已经把马鞍放在我背上，给我套上了笼头，迅速跑去拿上外套，带着我快步来到大厅门口。主人已站在那里，手上拿着一盏灯。

"听我说，约翰，"他说，"为了你们女主人的生命，你得拼了命地骑，一刻也不能耽搁。把这张纸条交给怀特医生，让马在旅舍休息一下，然后尽快回来。"

约翰说："是，先生。"然后一下就跨到我的背上。住在门房的花匠听到了铃声，已经打开了大门候着。我们穿过庄园、村庄，下了山，径直来到收费站。约翰一边大声呼叫着，一边砰砰地敲门。很快，有人推开大门走了出来。

“现在，”约翰说，“请把门开着直到医生赶来，这钱给您。”说完，他就离开了。

我们面前是一条沿河的长路，非常平整。约翰对我说：“听着，黑美人，尽最大努力跑吧。”我便撒腿跑起来。无需用鞭子，也不用马刺，我以最快的速度跑了两英里，几乎是脚不沾地，我不相信在纽马克特夺得冠军的老祖父能跑得比我快。我们来到桥上时，约翰稍稍将我勒起，拍了拍我的脖子。“干得好，黑美人！老伙计，真棒。”他说。有时，他想让我跑得慢一点，但我的劲儿刚上来，便又像先前一样飞奔而去。夜里的空气凛若冰霜，月光很亮，非常舒服。我们穿过一个村庄，穿过一片幽暗的树林，上坡再下坡，一口气跑了八英里，终于来到镇上，然后穿过街道，进入集市广场。四周静悄悄的，只有我的蹄子踩在石头上的嘚嘚声——所有人都睡着了。教堂的钟敲了三下，我们停在了怀特医生家门口。约翰摇了两次门铃，又像打雷般敲着门。一扇窗户被推开，怀特医生戴着睡帽把头伸出来说：“你有什么事？”

“戈登夫人病得很重，先生，主人想请您马上过去。您要是去不了，她会死的。这里有张纸条。”

“等等，”他说，“我这就来。”

他关上窗户，人很快到了门口。

“最糟糕的是，”他说，“我的马在外面跑了一整天，已经非常疲乏了，我儿子刚刚被人叫走，把另一匹马骑走了，怎么办？我可以用你的马吗？”

“他几乎是一口气跑过来的，先生，我本想让他在这里休息一下。但我想我们主人不会反对，只要您觉得合适，先生。”

“好的，”他说，“我马上就准备好。”

约翰站在我身边，抚摩着我的脖子，此时我非常热。医生拿着他的马鞭走了出来。

“您不需要拿这个，先生，”约翰说，“我的黑美人只要没倒下就会一直跑。如果可以的话，请您照顾好他，先生，我不希望他受任何伤。”

“不，不会的，约翰，”医生说，“希望不会。”转眼间，我们就把约翰远远甩在了后面。

回来路上的情况我就不讲了。医生比约翰要重一些，也不是个好骑手，然而，我还是尽了全力。收费站的门依然开着。我们到山脚下时，医生勒住了缰绳。“现在，我的好伙计，”他说，“喘口气吧。”我很高兴能歇一会儿，因为我几乎筋疲力尽了。歇了片刻后，我又能继续前进。很快我们就到了庄园。乔在门房前站着，主人在大厅门口，他们听到我们来了。主人一句话没说，医生和他一起进了屋，乔把我牵进马厩。我很开心，总算到家了。

我的腿一直哆嗦，只能站着喘气，身上没一根毛发是干的，汗水顺着我的腿淌下来，全身上下都在冒气。乔老是说，我像一口在火上烧着的热锅。可怜的乔！他年纪小，个头也矮，还什么都不懂，他父亲本可以来帮忙，可是被派到邻村去了。但我相信他已经尽了力。他擦洗了我的腿和胸口，但没把保暖的布搭在我身上，他想着我那么热，应该不喜欢。后来他提来一桶水给我喝。水很凉爽，我一口气喝光了，他又给了我一些干草和谷子，认为已经照顾妥当后，便走了。

没过一会儿，我开始发抖，感觉冷得要命。我腿疼，腰疼，胸膛疼，浑身都疼。啊！站着发抖的时候，我多想有块温暖的厚布披在身上。我希望约翰能来，但他还有八英里路要走。我只能在稻草上躺下来，想让自己入睡。过了很久，听到约翰到门口的脚步声，我发出一声低沉的呻吟，因为我非常难受。他马上就来到我跟前，在我身边弯下腰来。我没法告诉他我的感受，但他似乎什么都知道。他用两三块暖和的布盖在我身上，然后跑去房子里拿来热水，还煮了热乎乎的燕麦粥让我喝下去。后来，我可能迷迷糊糊地就睡着了。

约翰似乎非常懊恼。我听见他一遍遍跟自己说："蠢小子！简直愚蠢！也不把布给盖上，小孩子一点儿都没用，我敢说，给喝的水也是冷水。"但不管怎么说，乔还是个好孩子。

我一下子病得很重，炎症严重侵害了我的肺部，连呼吸都痛苦。约翰不分昼夜地照看我，夜里要起两三次到我跟前来。主人也经常来看我。“我可怜的黑美人，”有一天他说，“我的好马儿，你救了女主人的命，黑美人。啊，你救了她的命！”听到这句话我非常庆幸，因为好像听医生说过，要是我们再耽搁一会儿，就晚了。

约翰告诉主人，他这辈子没见过一匹马跑得这么快，就好像他知道发生了什么事一样。我当然知道，尽管约翰不这么认为。至少我知道——我和约翰必须以最快的速度前进，更不用说这是为了夫人。

19 只是无知

我不知道病了多长时间。马医邦德先生每天都过来。有一天，他过来给我放血，约翰则拿一个桶接着。放完血后我觉得很晕，以为自己会死，相信他们也都这么想。

生姜和欢腿儿已被转到另一间马厩，这样我就可以清静一些。

发烧令我的耳朵非常灵敏，任何轻微的响声都显得特别吵，我能听出每个人进出房子的脚步声，知道所有发生的事情。一天晚上，约翰给我喂药时，托马斯·格林进来帮他。吃完药后，约翰尽可能把我弄得舒服一些，他说应该待上半小时，看看药效如何。

托马斯说要陪他一起待着，于是他们就在欢腿儿隔栏里的长凳上坐下来，把灯笼放在脚下，免得我被灯光打扰。

有一段时间，两个人坐在那里都不出声，然后托马斯用很低的声音说："约翰，我希望你能对乔说点儿好话。这孩子非常伤心，他吃不下饭，也不会笑了。他知道这都是他的错，虽然他确信自己已经尽了力。他说如果黑美人死了，就再也没有人愿意跟他说话了。听见他的话真让人心里难受，我想你可以跟他说句话，他不是坏孩子。"

静了一会儿，约翰慢慢地说道："你不要对我太苛求，托马斯。我知道他不是存心使坏，我从来没有这样说过他，我也知道他不是个坏孩子。可你看，我自己也很难过，那匹马是我心中的骄傲，更不用说也是主人和夫人的宝贝，一想到他的生命会以这种方式终结，我就无法忍受。你要是觉得我对这孩子很苛刻，我明天会试着跟他说点儿好话——就是说，只要黑美人能好转一些。"

"好吧，约翰，谢谢你。我知道你也不想太严厉，我很高兴你能明白他只是无知。"

约翰回答时的声音几乎把我吓了一跳："只是无知！只是无知！你怎么能说只是无知？难道你不知道无知是世界上最坏的事情，仅次于邪恶吗？两者哪一个造成的危害更大，只有天知道。难道人们只要说：'哦！我不知道，我不是有意的。'就会没事了吗？我想玛莎·穆尔瓦什在

给那个婴儿喂多尔比氏祛风剂和舒缓糖浆时也不是有意的，可孩子去世了，而玛莎被判了过失杀人罪。”

“她也是活该，”托马斯说，“一个女人如果不知道什么对孩子好，什么对孩子不好，就不该擅自给一个脆弱幼小的孩子喂药。”

“比尔·斯塔基，”约翰继续说，“他把自己打扮得像个鬼魂，在月光下追赶他弟弟时，也并不是存心要把弟弟吓傻，但他这样做了。那个聪明、帅气的小家伙，本可能是任何一个母亲心中的骄傲，现在却比白痴强不了多少，而且永远也好不了——就算他能活到八十岁。两个星期前，那些年轻的小姐们把你暖房的门敞开着，凛冽的冬风直接灌进来，好多植物都被冻死了，你自己不也心疼得要命，托马斯！”

“冻死了相当多！”托马斯说，“每一根幼嫩的插条都冻伤了，一切只好重新来过。最糟糕的是，我不知道上哪儿去找新枝。我进门看到眼前的一切，简直都要疯了。”

“对啊，”约翰说，“我相信那些年轻的小姐们也不是故意的，那只是无知而已啊！”

后面的谈话我没听见，因为药很有效果，让我进入了梦乡。早上醒来，我感觉好了很多。以后的日子里，每当我对这个世界有了更多的了解时，总会想起约翰的这番话。

20　乔·格林

乔·格林每一天都在成长。他学得很快，而且非常细心谨慎，约翰开始在很多事情上信任他。正如我说过的，他年龄还小，所以约翰很少让他遛我和生姜。不过有一天早上，碰巧约翰驾着贾斯蒂，拉着运货车外出了；主人有封信要即刻送到一位绅士家——大约有三英里远。他吩咐乔给我放好马鞍，把信带过去，特意叮嘱他骑马稳当些。

信送到了，我们静静地往回赶。走到砖厂附近时，我们看见一辆满载砖头的大马车，车轮陷进了深深的泥浆里，赶车人一边大声吆喝，一边无情地用鞭子抽打两匹马。乔勒马停了下来。眼前的景象让人心痛。两匹马拼命地想把马车拖出来，但车轮纹丝不动，汗水顺着他们的肚子和腿往下淌，他们的身体费力地起伏着，每一块

肌肉都绷得很紧，而那个男人凶狠地拽着前面那匹马的脑袋，嘴里骂骂咧咧，野蛮地挥着鞭子。

“停下，”乔说，“别再这么抽打马了！车轮陷得死死的，怎么拉得动！”

那人没有理会，还是继续用鞭子抽。

“停下！请停下！”乔说，“我来帮你把马车弄轻一些，现在这样是拉不动的。”

“管好你自己的事，你个粗鲁的小混蛋，我会自己想办法！”那人怒气冲冲，因为喝了酒火气更大了，又举起了鞭子。乔掉转马头，即刻朝砖匠师傅的房子飞奔过去。我不敢说约翰是否会同意我们跑那么快，但乔和我想法一致，因为非常生气，我们不可能慢慢跑。

房子就在路边。乔敲了敲门，一边喊道：“喂！克莱先生在家吗？”门打开了，克莱先生亲自走了出来。

“嗨，小伙子！你好像很着急，老爷今早有什么吩咐吗？”

“没有，克莱先生，有个家伙在您的砖场里死命地抽打两匹马。我让他住手，他不听；我说要帮他减轻车的重量，他也不愿意，所以我就来告知您。求您了，先生，您过去一趟吧！”乔的声音激动得有些颤抖。

“谢谢你，我的孩子。”说着，他跑去拿他的帽子，又顿了一会儿，“如果我把这家伙带到治安官面前，你愿意为你所看到的事情作证吗？”

“我会的，”乔说，“而且也很乐意。”然后克莱先生就出去了，我们踏着轻快的步子走回家里。

“怎么了，乔，你怎么了？怎么气呼呼的？”约翰问。乔从马鞍上跳了下来。

“简直气死了，我告诉你。”男孩说，然后他用急促而激动的语气讲述了所发生的一切。乔平常是个文静、温和的小家伙，看到他如此气愤，很是让人吃惊。

“好样的，乔！你做得对，我的孩子，不管那家伙会不会被传唤。许多人会直接骑马路过，觉得不关他们的事。现在我要说，对于残忍和压迫，每个看到的人都有责任去干涉。你做得对，好孩子。”

乔这时已经相当平静，约翰对他的认可让他感到骄傲。他清理干净我的蹄子，给我按摩的小手比平时更有力了。

他们正要回家吃晚饭，男仆就来到马厩说让乔马上到主人的房间去一趟，有个人因为虐待马匹被传讯，要找乔去作证。小家伙激动得满脸通红，眼睛闪闪发亮，说：“我这就去。”

“腰杆挺直一点儿。”约翰说。乔拉了拉领带，扯了扯上衣，即刻就走了。我们主人是县里的治安官之一，经常有案子提交给他来解决，或者让他给出意见。在马厩里，我们有一段时间没有消息，因为此时男人们在吃饭。但当乔再一次来到马厩时，我见他很是精神抖擞。他善意地拍了我一下，说：“对这样的事情我们可不会看着不管，对吧，老伙计？”事后我们听说，他已经言辞凿凿地作了证——那两匹马都处于疲惫不堪的状态，身上有被残忍虐待的痕迹。赶车人因此被送去受审，可能判两到三个月的监禁。

乔身上发生了多令人惊奇的变化啊！约翰笑着说他在那一个星期里长高了一英寸，我相信确实如此。他还是和以前一样善良、温和，但他做任何事情都更有目标和决心，就好像一下子从一个男孩变成了一个男人。

21 分离

到现在为止，我在这个幸福的家里已经生活了三年，但不幸的变故即将降临。我们不时地听说女主人病了，医生经常到家里来，主人的脸上满是严肃和焦虑。据说夫人必须马上离开家，去一个温暖的国家住上两三年。这消息就像丧钟的响声一般落在家里，大家都很难过。主人立即开始安排——解散家业，离开英国。我们常听他们在马厩里谈论这事，事实上，也没有人说别的事情了。

约翰闷声不响地干着他的活计，乔几乎不吹口哨了。来来往往的事情很多，我和生姜整天忙得不可开交。

最先走的是杰西和弗洛拉小姐，还有她们的家庭教师。她们来跟我们告别，像拥抱老朋友一样拥抱了可怜的欢腿儿，他也确实是老朋友了。之后就听到了对我们的安排，主人把我和生姜卖给了他的老朋友 W 伯爵，认为对我们来说那里应该是个好去处；把欢腿儿送给了一位牧师，那人一直想给太太买一匹小马，就是那位布洛姆菲尔德夫人，不过条件是永远不能把欢腿儿卖掉，等欢腿儿年纪大、不行了，就给上一枪，好好安葬。

乔被雇去照料欢腿儿并在牧师家里帮忙，所以我想欢腿儿应该过得不错。约翰收到好几个雇主的邀请，但他说要再等等，看看再说。

临走前的一个晚上，主人来到马厩，指示了一些事情，最后拍了拍他的马匹。主人看起来情绪很低落，听他的声音我就知道。我相信比起许多人，我们马从声音里感受到的更多。

"你决定好做什么了吗，约翰？"他说，"我发现那些邀请你都没接受。"

"是的，先生，我已经打定主意，如果我能够在哪个一流的驯教师或驯马师那里得到一个职位，对我来说才是正事。许多年幼的动物因为驯教不当而受到惊吓和摧残，如果有合适的人照料他们，就不至于如此。我一向跟马很合得来，假如能够帮助他们中的一些有一个良好的开端，我就会觉得在做一件善事。您怎么看，先生？"

"我也不认识什么人，"主人说，"倒是觉得你自己来做就很适合。你懂马，某种程度上马也懂你，过段时间你就可以自己干起来了。我认为在这方面你已经做到了最好。如果我能帮上什么忙，就写信给我。我会跟我在伦敦的代理人说说，并把你的资料留给他。"

主人把代理人的名字和地址给了约翰，并感谢他长久以来的忠诚效劳，但这对约翰来说有些担待不住。“求您别这样，先生，我承受不起。您和亲爱的女主人为我做了那么多，我永远也报答不了。但我永远不会忘记您，先生。请上帝保佑，也许有一天我们会看到夫人健健康康地回来，我们得抱着希望，先生。”主人向约翰伸出手，但他没说话，随后他们就离开了马厩。

悲伤的最后一天到来了。男仆们在前一天就随着大件行李走了，只剩下主人、夫人以及她的女仆。生姜和我最后一次把车拉到了大厅门口，仆人们把靠垫、毯子和许多其他东西拿到了外面。一切都安排妥当后，主人抱着夫人走下台阶（我在挨着房子的一边，可以看到所有的情况），把夫人小心地放进马车，家里的仆人们则围在旁边哭泣。

“再见了，”他说，“我们不会忘记你们任何一个人，”他上了车，“走吧，约翰。”

乔也跳了上来，我们慢腾腾地跑过公园，穿过村庄，人们站在门口来看最后一眼，说：“上帝保佑他们！”

到了火车站，女主人自己从马车上下来，走到候车室。我听见她用甜美的声音说：“再见了，约翰。上帝保佑你。”我感觉到缰绳在抽搐，但约翰没有回答，也许他说不出话来。乔把东西从马车里拿出来，约翰让他在马旁边等着，自己则拿着东西走上月台。可怜的乔！他紧贴着我们的头站着，掩饰着泪水。不一会儿，火车呼哧

呼哧地开进了站。两三分钟后，车门砰的一声关上，警卫吹着口哨，火车滑行而去，身后只留下滚滚白烟和几颗无比沉重的心。

火车完全消失在视线后，约翰回来了。

“我们再也见不到夫人了，”他说，“再也见不到了！”他抓起缰绳，登上驾车座，和乔一起慢慢地赶车回家，但现在，那已不是我们的家了。

第二部分

22 伯爵府

第二天早上，乔吃完早饭，把欢腿儿套进了夫人的轻便矮马车，带他去了牧师的住宅。他先来和我们道别，欢腿儿从院子里朝我们嘶鸣了几声。然后，约翰给生姜套上马鞍、给我系上缰绳，驾着我们穿越了大约十五英里外的乡村，来到了伯爵府——W伯爵所住的地方。这里有一座非常漂亮的房子和大量的马厩设备。我们穿过一道石门进入院子，约翰请求见约克先生。过了一会儿他才来，是一个非常标致的中年人，他的话音里透出一种掌控欲。他对约翰非常友好和礼貌，在稍稍看了我们一眼之后，使唤了一个马夫带我们去隔栏，并请约翰去吃些点心。

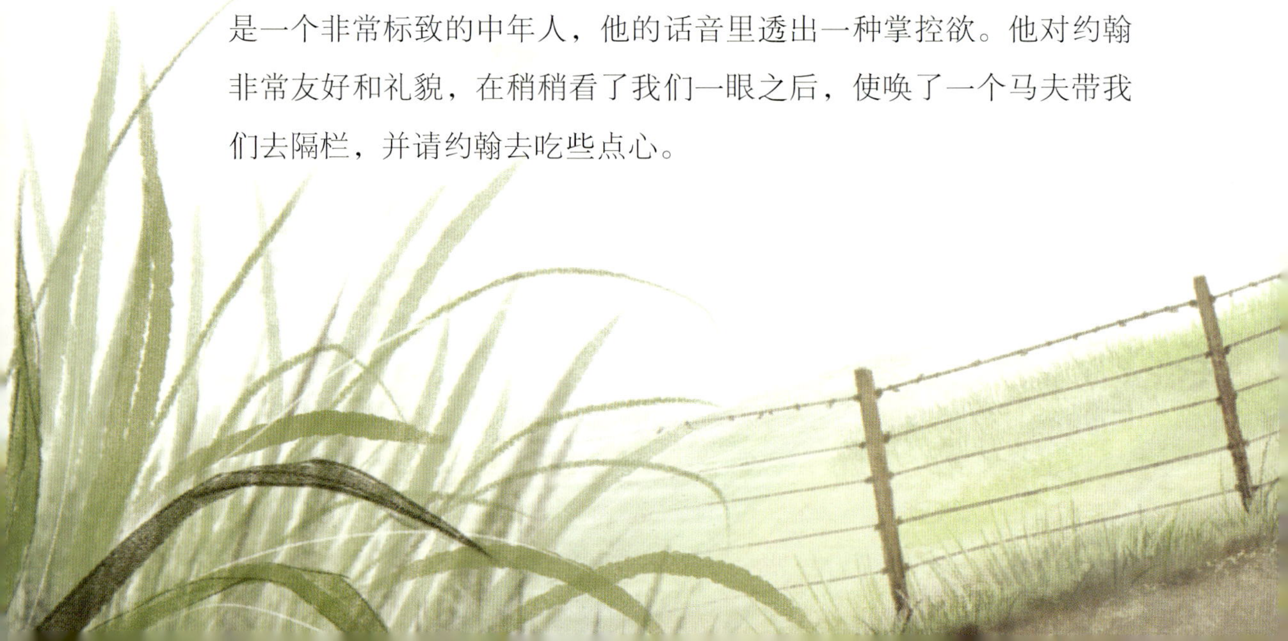

我们被带到一座明亮通风的马厩，安置在两个相邻的隔栏。在那里，我们被擦洗了一遍，又喂了一些吃的。大约半个小时后，约翰和约克先生——也就是我们的新马夫，进来看我们。

“曼利先生，”他仔细看了看我们，说，“目前我看不出这些马有什么毛病，但我们都知道，马和人一样，都有各自的特点，有时候需要区别对待。我想知道这两匹马都有什么特别之处，你能否跟我说说？”

"好的，"约翰说，"我敢说在我们国家，没有比这两匹更好的马了，要跟他们分开我很难过，但他们也不太一样。黑色的这匹是我见过脾气最好的马，我想他从出生到现在没有听过一句严厉的话，也没有挨过一次打，他所有的乐趣似乎就是听从你的吩咐。但这匹栗色马，我想她肯定被虐待过，我们从贩马商那里打听到的也是这样。刚来到我们这里时，她脾气很暴躁，对谁都不信任，当她感觉到我们家是什么样的地方，这些毛病渐渐都没了。三年来，我从没见她有一点儿脾气，只要被好好对待，没有比她更好、更能吃苦耐劳的马了。但她天生就比黑马脾气躁一些，也更招苍蝇，马具有任何不适都会让她更烦躁，如果她被虐待或受到不公的对待，必定以牙还牙。你知道，许多高头大马都会这么做。"

"当然，"约克说，"我非常理解。不过你也知道，在这样的大马厩里，要让所有马夫都称职尽心并不容易。我尽量，现在我得走了，会记住你说的有关马的那些事。"

他们正要走出马厩，约翰停了下来，说："最好提一下，我们从来没有给这两匹马使用过短勒马缰。黑色的这匹从来没戴过勒马缰；另一匹马呢，贩马商说是马嚼子坏了她的脾气。"

"好吧，"约克说，"不过，既然他们来到这里，就必须上勒马缰。我自己更喜欢宽松的长缰绳，主人对待马一向通情达理，但夫人——就是另一回事，她要讲排场，如果给她拉车的马没有被缰绳紧紧勒起脖子，她都不正眼看他们。我一直坚决反对使用马嚼子，

我也不会那样做，但夫人骑乘时，就必须勒紧！”

“那真是让人遗憾，非常遗憾，”约翰说，“不过我现在得走了，要不赶不上火车了。”

他分别走到我们身边，最后一次抚摩我们，和我们说了几句话，声音听起来非常悲伤。

我把脸紧紧贴着他，这是我唯一能做的告别。然后他就走了，从那以后我再也没有见过他。

第二天，W 伯爵过来看我们，似乎对我们的模样很满意。

“我对这两匹马很有信心，”他说，“我朋友戈登先生跟我说过他们的情况。当然，他们在毛色上不太匹配，但我想，在乡下用他们拉车非常合适。去伦敦之前，我们得设法给男爵找个搭档。我相信，这匹黑马骑上去非常棒。”

然后约克把约翰对我们的评价告诉了他。

“好吧，”他说，“那匹母马你得留点儿神，把勒马缰放松点。我敢说，一开始只要稍稍迁就点，他们就会好好干。我会向夫人提一下的。”

那天下午，我们被绑上马具，套进马车。马厩的钟敲响三次后，我们被牵到了房子前面。这座房子相当宏伟，有波特威克的老房子三四倍大，但完全没那么亲切——如果马能发表意见的话。两名男仆在那里伺候着，身穿灰褐色制服、猩红色马裤和白袜子。不一会儿，我们听到丝绸的沙沙声，夫人从石阶上走了下来，转过身来看着我们。夫人是一个高大的、看上去很骄傲的女人，似乎是对哪里不满意，但她什么也没说，就上了马车。这是我第一次戴勒马缰，不得不说，虽然有时低不了头这点确实让我厌烦，但勒马缰并没有把头拉得比平时更高。我为生姜感到担忧，但她好像安静而且没有怨言。

第二天下午三点，我们又到了门口，男仆们和昨天一样。我们听到丝绸衣服的沙沙声，夫人从台阶上走下来，用一种不容置疑的声音说："约克，你必须把马的头拉高一点，那样子根本没法看。"

约克下了马，非常恭敬地说道："请原谅，夫人，这两匹马已经三年没戴过勒马缰了，老爷说，慢慢把他们拉上去会更安全，但只要夫人您喜欢，我可以把他们的头再拉起来一点儿。"

"就这么做。"她说。

约克来到我们面前，亲自把缰绳收紧一些。不管是好是坏，每一点变化都会产生影响，而那天我们有一座陡峭的山要爬。我开始理解以前听说的事情了。当然，我想把头往前伸，像我们平常那样把马车拉上去；可现在办不到，由于必须仰着头拉车，我完全使不上劲，脊背和腿都很吃力。那天回来后，生姜说："现在你明白是怎么回事了吧，但这还不算坏，只要不比这更糟，我也就不说什么了。这地方还不错，不过，如果他们还要把我往上勒，哼，让他们小心点！我不能，也不会忍受的！"

日子一天天过去，我们的缰绳也一点点缩短，我不再像以前那样高兴地期待着套上马具，而是开始害怕起来。生姜也显得烦躁不安，即便她没多说什么。最后，我以为最坏的情况已经过去了，连续好几天都没有再缩短缰绳。我决定尽量适应它，做好我的本分——虽然目前是一种日常的折磨，而不是一种乐趣。然而，最坏的情况还在后头。

23 为自由斗争

有一天，夫人比往常下来得晚了些，丝绸的沙沙声也比以前更大。

“驾车去B公爵夫人家，”她说，顿了一下，又说，“你是不是永远不打算让这两匹马昂起头来，约克？马上拉起来，我们不能再这么迁就和胡闹了。”

约克先来到我身边，另一个马夫站在生姜跟前。他把我的头往后拉，把缰绳系得紧紧的，我几乎无法忍受。然后他走到生姜跟前，生姜正不耐烦地上下甩动脑袋，不想戴嚼子，最近她老是这样。她很清楚接下来会发生什么，就在约克把缰绳从环上解开要把它收紧的那一刻，她抓住机会突然立了起来。约克的鼻子被狠狠撞了一下，帽子也打掉了，那个马夫差点儿被踢翻在地。两人立刻扑向她的脑袋，但她一点儿也不示弱，继续以最绝望的方式暴跳、直立和尥蹶子。

最后，她直接踢翻马车辕条[1]，重重撞上了我的后腿，翻倒在地。要不是约克及时扑上去压住她的脑袋不让她挣扎，还不知道会闹出多大的乱子。约克喊着："把黑马解开！快去拿摇把[2]，把车辕卸下来！要是解不开的话，就把缰绳割断！"一个男仆跑去拿摇把，另一个从屋里拿来一把刀。马夫很快把我从生姜和马车旁边解放出来，牵进了隔栏。他只是把我原样送了回来，就跑去约克身边。发生的事情让我非常激动，如果我以前有踢人或者暴跳的习惯，我肯定当时也那么干了。但我从来没有这样，我站在那里，很生气、腿也很痛，脑袋仍然被马鞍上的缰绳绷得紧紧的，也没力气把它弄下来。我非常难受，只想着谁第一个靠近我，我就踢谁。

然而，没过多久，生姜就被两个马夫牵了进来，全身撞得到处是伤。约克随着她一起进来，吩咐了几句后，就过来看我，三两下就把我脑袋上的缰绳放下来了。

他自言自语道："这些该死的勒马缰！我想我们很快要遭殃了。主人一定会非常恼火。不过话说回来，一个丈夫管不了自己的夫人，仆人就更不可能了，所以我撒手不管了，她去不了公爵夫人的花园聚会，我也没办法。"

---

1. 辕条：马车前伸出的两根直木，用来架在马上拉车。
2. 摇把：带手柄的曲柄，一般用于驱动机器。

约克没当着那些人的面说这番话，他们在旁边时，他讲话总是恭恭敬敬。此刻他在我全身上下摸了摸，很快找到关节上方被踢的位置。那地方又肿又痛，他让马夫用热水擦擦，再抹一些药水。

W 伯爵得知此事后非常不高兴，他责怪约克不该向夫人让步。约克回答说，今后他只听从伯爵的吩咐。但我认为这并没改变什么，因为事情还是像以前一样。我想约克本可以为他的马挺身而出，但或许我不该妄加评判。

生姜再也没被套进马车，伤好以后，伯爵一个年纪很小的儿子说想要她，认定生姜会成为一匹优秀的猎马。至于我，还得继续拉车，并有了一个新搭档，名叫麦克斯。他一直都戴着勒马缰，已经习惯了。我问他，是怎么忍受得了的。

“这个嘛，”他说，“我也没办法，但它正在缩短我的寿命，只要你继续用它，它也会缩短你的寿命。”

“你认为，主人知道这东西对我们有多不好吗？”我问。

“我说不准，”他回答说，“但马商和马医们对此非常清楚。有一次，一个贩马商要训练我和另一匹马搭档。他让我们的头高高昂起，按照他说的，一天比一天抬高一点儿。一位在场的绅士问他为什么这么做。他说，‘不这样做，就没人来买他们。伦敦人总是希望他们的马能昂首挺胸，步子抬得高高的。当然，这对马非常不友好，但有助于做生意。很快，这些马的身体就会损耗严重，或者得了病，他们就来找下一对’。”麦克斯又说：“这些话是我亲耳听见他说的，你可以自己判断。”

在给夫人拉车期间，我被那条缰绳折磨了四个月之久，那种痛苦很难描述。但我很确定的是，长此以往，我的健康和脾性都会变坏。在那之前，我从来不知道嘴里吐白沫是怎么回事，但现在，尖锐的嚼子伤害着舌头和下颌，还约束着头和喉咙，嘴里或多或少地会产生一些泡沫。有些人看到这种情况还认为很好，说："瞧这些马多有精神！"但马跟人一样，口吐白沫都是不正常的，肯定是某种不舒服的表现，应该引起重视。除此之外，我的气管也受到压迫，呼吸常常很不顺畅。每当我干完活回来，脖子和前胸就又僵又痛，嘴和舌头发软，疲惫、沮丧不堪。

在原来的家里，我总还知道约翰和主人是我的朋友；在这里，虽然许多方面受着很好的待遇，但是我没朋友。约克可能知道，很可能他就是知道，那条缰绳会给我带来什么样的折磨，而他一定理所当然地认为，这是没有办法的事。不管怎样，他没做任何努力来减轻我的痛苦。

24 安妮小姐，或脱缰之马

早春时节，W 伯爵和他的部分家人去了伦敦，他们把约克也带去了。我和生姜及其他几匹马被留在家里使唤，马夫长负责照顾我们。

哈丽特小姐留在宅子里看家，她是个病秧子。安妮小姐更喜欢和她的兄弟或表兄弟们一起骑马，她是个绝佳的骑手——快乐、温柔又非常漂亮。她挑中我当她的坐骑，给我取名黑风。我很喜欢在清冷的空气中飞奔，有时和生姜一起，有时是和丽兹。丽兹是一匹鲜亮的栗色母马，几乎是纯种，很受绅士们喜爱。她动作优美，神气十足，但生姜比我更了解她，告诉我说丽兹很容易紧张。

宅子里还住着一位叫布兰蒂的上校，他一直骑着丽兹，对她赞不绝口。有一天，安妮小姐吩咐把侧鞍给丽兹放上，给我放了另一副鞍子，当我们来到门口时，布兰蒂上校似乎很是不安。

“这是怎么回事？”他说，“你对你心爱的黑风厌倦了吗？”

“哦，没，一点儿也没有，”她回答说，“我完全是好心好意地想让你骑一次，我也要试试你那迷人的丽兹。你必须承认，在体型和模样上，她比我自己的爱驹更像一匹女士骑的马。”

“我劝你还是别骑了，”他说，“她的确是一匹迷人的马，但是她太容易紧张了，不适合女士。我向你保证，她并不是十分安全，我请求你，把马鞍换过来。”

“我亲爱的表哥，”安妮小姐笑着说，“你就别太为我担心了。我从小就骑马，也跟着猎狗跑过很多次。虽然我知道你不赞成女士打猎，但事实就是事实。我打算试骑一下丽兹，想知道你们男人为什么都那么喜欢她。所以请你像好朋友一样，扶我骑上去。”

还能再说什么！布兰蒂先生把安妮小姐小心地扶到马鞍上，查看了下马嚼子和缰绳，把缰绳轻轻地交到她手上，自己则骑到我背上。我们正要出发，一名男仆拿着一张字条出来，替哈丽特小姐传话说，能否请他们在阿什利医生那儿帮她问个问题并把答案带回来。

村子离这儿大约一英里远，医生家的房子在村子最远处。我们兴致勃勃地跑着，径直来到医生家大门口。房子跟前有一小段路，两边是高大的常青树。

布兰蒂在大门前跳下马来，准备为安妮小姐开门，但她说：“我会在这儿等你，你可以把黑风的缰绳拴在门上。”

他迟疑地望着她，“要不了五分钟我就出来，”他说。

“哦，你不用那么着急，我跟丽兹不会跑丢的。”

布兰蒂把缰绳拴在一根铁钉上，很快消失在树丛中。丽兹安静地站在路边几步远处，背对着我。我年轻的女主人一边放松缰绳轻松地坐着，一边哼着小曲。我听见布兰蒂的脚步声停在房子门口，接着他开始敲门。马路对面有一座牧场，牧场的大门敞开着，就在这时，一些拉货车的马和几匹小马驹一窝蜂地跑了出来，后面一个男孩把一根大鞭子甩得啪啪响。

马驹们充满野性又贪玩，其中一匹冲过马路，撞到了丽兹的后腿。不知是因为这匹笨拙的小马还是因为鞭子的响声，或者两个都有，只见丽兹猛地一踢，便一头冲了出去。一切是那么突然，安妮小姐差点从马上摔下来，但她很快就坐稳了身体。我发出尖锐的嘶鸣想请求帮助。我一遍又一遍地呼叫，焦急地刨着地面，甩着头想把缰绳松开。没等一会儿，布兰蒂跑到了大门口，焦急地四处张望，只看到那个飞奔的身影，她们已经在路上跑远了。布兰蒂一个翻身跳上马鞍，无需用鞭子，也用不着马刺，因为我和我的骑手一样急切。他看了出来，给我放松缰绳，身子稍稍前倾，我们便向她们冲去。

这段路大约一英里半，向右转弯后分成两条路。在我们到达转弯处之前，她早就跑没影儿了。她拐去哪条路了呢？一个女人站在花园门口，手搭在眼睛上，焦急地望着路上。布兰蒂几乎没拉缰绳，喊着：“哪边？”“右边！”那女人一边用手指着一边喊道。我

们便沿右边的路跑去。有那么一瞬，我们看见了她，再转个弯，她又消失了。有几次我们刚瞥见了她，转眼又没了踪影，想追上她们似乎永远不可能了。一个老修路工站在一堆石头旁，举着双手，铁锹掉在了地上。等我们靠近时，他向我们做了个有话要说的手势。布兰蒂稍稍拉了一下缰绳。“去公地！公地！先生，她拐那边去了。”我对公地非常熟悉，那里大部分的地面坑坑洼洼，遍布石楠和深绿色的荆豆丛；随处可见低矮的老刺树，还有一些长着细草的空地；到处是蚁丘和鼹鼠窝，是我所知最不适合快跑的地方了。

刚拐到公地上，就又看到那个绿色身影在我们前面飞奔。小姐的帽子已经不见了，褐色的长发在身后一路飘扬。她的头和身体都向后仰着，好像在用仅剩的力气拽着缰绳，眼看着已经力不从心。很明显，崎岖的地面大大降低了丽兹的速度，我们似乎有机会追上她们了。

刚才在公路上，布兰蒂让我完全放开跑，现在则用他轻巧的手和老练的眼睛，娴熟地引导我走过地面，我的步子几乎都没慢下来，显然我们即将赶上她们。

穿过荒地大约一半的地方，有一条新近开凿的宽壕沟，挖出的土被随意地堆在另一边。这肯定能挡住他们！然而没有！丽兹几乎没停顿，往前一跳，在高低不平的土堆里踉跄了一下，摔倒了。布兰蒂叹息着说：“看你了，黑风，集中精力！”他沉着地一抖缰绳，我一鼓作气，果断地一跃而起，直接跳过了壕沟和堤岸。

我那可怜的年轻小姐，脸朝地趴在石楠丛中，一动也不动。

布兰蒂跪下来唤她的名字，她也没有一点儿反应。他轻轻地把她转过来，只见她脸色惨白，眼睛紧闭着。“安妮，亲爱的安妮，说话呀！”但没有回应。他解开她衣服的扣子，把衣领松开，摸了摸她的手和手腕，即刻跳了起来，疯狂地环顾四周寻求帮助。

不远处有两个男人正在割草皮，他们看到丽兹没了骑手还在狂奔，便放下手中的活计去抓她。

听到布兰蒂的呼喊声，他们很快来到现场。走在前面那个人看到这一幕

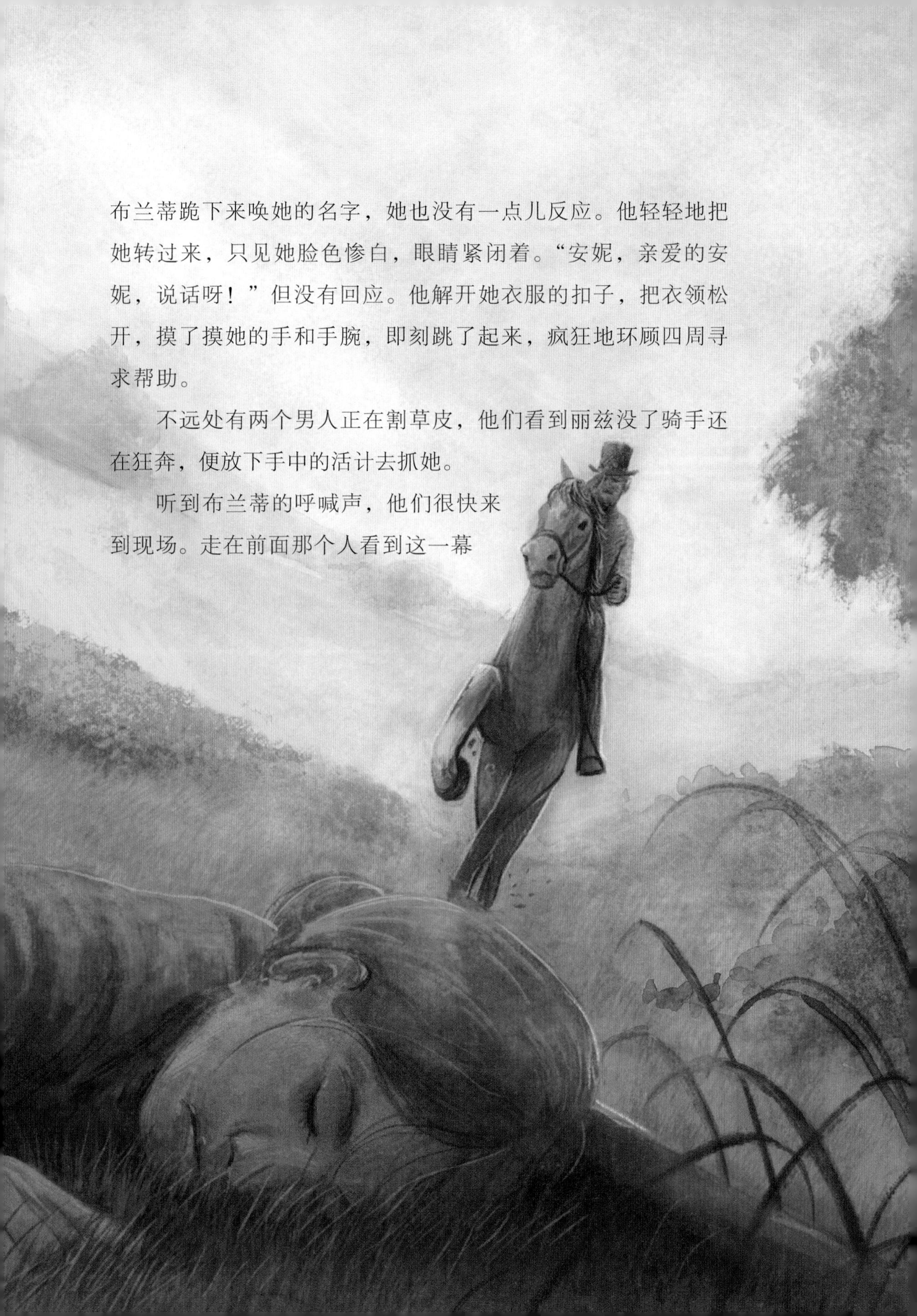

似乎很是不安，问他能帮什么忙。

“你会骑马吗？”

“哎呀，先生，我不太会骑马，但为了安妮小姐，就算有摔断脖子的危险我也愿意，冬天时她对我妻子特别照顾。”

“那就骑这匹马去，我的朋友，你的脖子会很安全的。你去医生那儿请他马上过来，然后去庄园把你知道的跟他们讲，让他们派一辆马车来，把安妮小姐的女仆和用人也带上。我留在这儿等着。”

“好的，先生，我会尽力的，上帝保佑亲爱的小姐快点睁开眼睛。”然后，他冲着另一个人大声喊道：“喂，乔，快去拿些水来，去跟我妻子说，让她赶快来安妮小姐这边。”

他有点儿笨拙地爬上马鞍，随着“驾”的一声，他用腿夹了下我的身体，我们就跑起来，绕了一小圈避开土堤。他没有鞭子，这似乎让他有些手足无措，但我的步伐很快打消了他的顾虑，他发现他能做的最好的事情就是抱着我稳稳坐着，他勇敢地做到了。我尽量不摇晃他，但有一两次因为地面太不平整，他叫起来：“稳住！哎呀！稳一点儿！”到公路上我们就没事了。他顺利地完成了在医生那儿和庄园大厅的任务，是一个忠实的好人。他们请他进去喝点东西。“不了，不了，”他说，“我要从田野抄近路，在马车到达前先赶回去。”

消息传开后，家里面一片忙乱和紧张。我被送到隔栏，卸下了马鞍和笼头，他们又给我盖了一块布。

生姜被套上马鞍，急匆匆地去找乔治少爷，很快我便听到马车出了院子。

似乎过了很久，生姜才回来，被留下和我一起待着，然后她把她所看到的都告诉了我。

“我讲不出太多，”她说，“我们几乎一路飞奔，到达那里时，医生正好骑马过来。有一个女人坐在地上搂着安妮小姐的头。医生往她嘴里灌了点东西，我只听见一句‘她没有死’。之后，我就被牵到稍远一点儿的地方。过了一会儿，她被抬到马车上，我们就一起回家了。我听见主人对一位拦住他询问的先生说，他希望小姐没骨折，不过她还没开口说话。”

当初乔治少爷带生姜去打猎，约克还摇头。他说第一阶段的驯马应该由一名老猎手进行，而不是乔治少爷那种随随便便的骑手。

生姜一向喜欢打猎，但有时，从她回来时的样子中，我能看出她相当疲惫，还时不时地咳嗽一声。她太有志气，从不抱怨，但我禁不住为她担心。

事故发生两天后，布兰蒂来看我。他拍了拍我，对我大加称赞。他告诉乔治少爷，他确信这匹马和他一样知道安妮的危险处境，“我想勒都勒不住，”他说，“安妮不应该再骑别的马了。”我从他们的谈话中得知，年轻的女主人现在已脱离了危险，而且很快又能骑马了。这对我来说是个好消息，我期待着幸福生活的到来。

25 鲁本·史密斯

现在我必须说一说有关鲁本·史密斯的事情。约克去伦敦时，鲁本被留下来照看马厩。这一行他比任何人了解得都透彻，当他还清醒（没喝酒）的时候，没有比他更靠得住的人了。他温文尔雅，在管理马匹方面非常聪明，给马看病的本事几乎跟马医一样好，因为他曾在一名兽医身边待过两年；他还是一流的马夫，驾驭起驷马车或串联马车[1]来就跟赶双马车一样轻松。还有，他长相英俊，颇有学问，待人处事都非常得体。我相信每个人都喜欢他，当然，马儿也一样。唯一让人不解的是，他的职位很低，不像约克那样做到了马夫长。不过，他有个很大的缺点——爱喝酒。他并不像有些人

1. 串联马车：一种特殊的马车，两匹马一前一后地被安置在车的前方。

那样时时刻刻都在喝，他可以连续几个星期或几个月滴酒不沾，可一旦爆发——像约克所说——会“大闹一场”，让自己颜面尽失、让妻子害怕、让所有跟他打交道的人厌烦。好在他很能干，约克帮他遮掩过两三次，没让伯爵知道。有一天晚上，鲁本必须驾车载参加完舞会的一行人回家，可他喝得大醉，连缰绳都握不住了，舞会上的一位先生不得不上车替他把女士们送回来。这下当然瞒不住了，鲁本马上就被解雇，他可怜的妻子和小孩们不得不从庄园大门边那间漂亮的小屋里搬出来，去别处安家。老麦克斯告诉了我这一切，那是很久以前的事了；但在生姜和我来之前不久，鲁本又被叫回来了——约克向心地善良的伯爵求情，鲁本也信誓旦旦地保证，只要他住在那里就不会再沾一滴酒。他很好地履行了承诺，以致约克认为自己不在的时候也可以放心地将事务托付给他；再说，他非常聪明，也很诚实，似乎没人能比他更能胜任这个工作了。

现在已经是四月初，预计伯爵一家人将在五月的某个时候回来。那辆轻型马车要重新修整，加上布兰蒂上校不得不返回军队，所以鲁本被安排赶着这辆车载他去镇上，再骑马回来；为此他带上了马鞍，选中我来跑这一趟。在车站，上校往鲁本手里塞了些钱，道别时跟他说：“照顾好你年轻的女主人，鲁本，不要让黑风被任何想骑他的愣小子使唤——只有小姐才能骑。”

我们把马车留在修车行，鲁本骑上我来到白狮酒馆，吩咐马夫把我喂好，做好四点钟出发的准备。来的路上，我前脚蹄铁上的一根钉子凸了出来，但马夫到四点钟左右才注意到它。鲁本来到院子里时已经五点，又说遇到些老朋友，要到六点再走。马夫便告诉他钉子的事，并问他要不要找人来看看。

“不用，”鲁本说，“我们到家之前不会有事的。”

他说话的声音很大、很随便，我觉得不考虑蹄铁的做法很不像他，因为他通常会对马脚上松动的钉子非常在意。六点钟，他没来；七点钟，他没来；八点钟，他还没来。快九点钟，他才叫我，嗓门很大，粗声粗气的。他的脾气似乎很坏，还辱骂马夫，我不知道是什么原因。

老板站在门口说：“小心点儿，史密斯先生！”他只是气冲冲咒骂着应了一声。还没出镇子他就开始狂赶起路来，频频用鞭子狠狠地抽我，尽管我已经在全速前进。月亮还没有上来，天很黑。以这样的速度越过新修的石板路，我的蹄铁更松了，快到收费站时，它掉了下来。

假如鲁本头脑清醒的话，他就会察觉到我的步子有些不对劲，但他喝得太醉了，根本没注意到。收费站另一边有一段很长的路，上面才铺了新的石块，又大又锋利，没有哪匹马能疾速跑过而不出危险。在少一块蹄铁的情况下，我被迫以最快的速度在这条路上飞奔，同时，鲁本还用鞭子抽我并野蛮地咒骂着催促

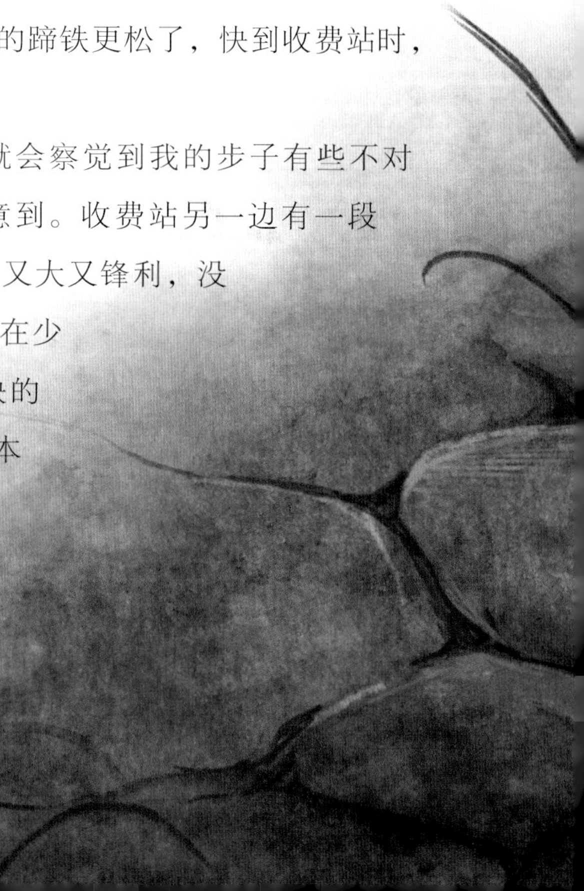

我再跑快一点儿。当然，没蹄铁的那只脚疼痛极了，蹄子破裂开来，里面的肉被锋利的石块硌得生疼。

不能再这样下去了。这种情况下没有一匹马能踏稳脚步，太疼了。我踉跄了一下，猛地跪倒在地。鲁本被我甩飞了出去，而且，由于当时的速度极快，他肯定摔得非常惨。我很快重新站了起来，一瘸一拐地走到路边没有石块的地方。月亮刚刚爬过树篱，借着月光，我看见鲁本躺在我前方几米远的地方。他没有站起来，只是试着稍微用力，然后发出了一声沉重的呻吟。我本也想呻吟，因为脚

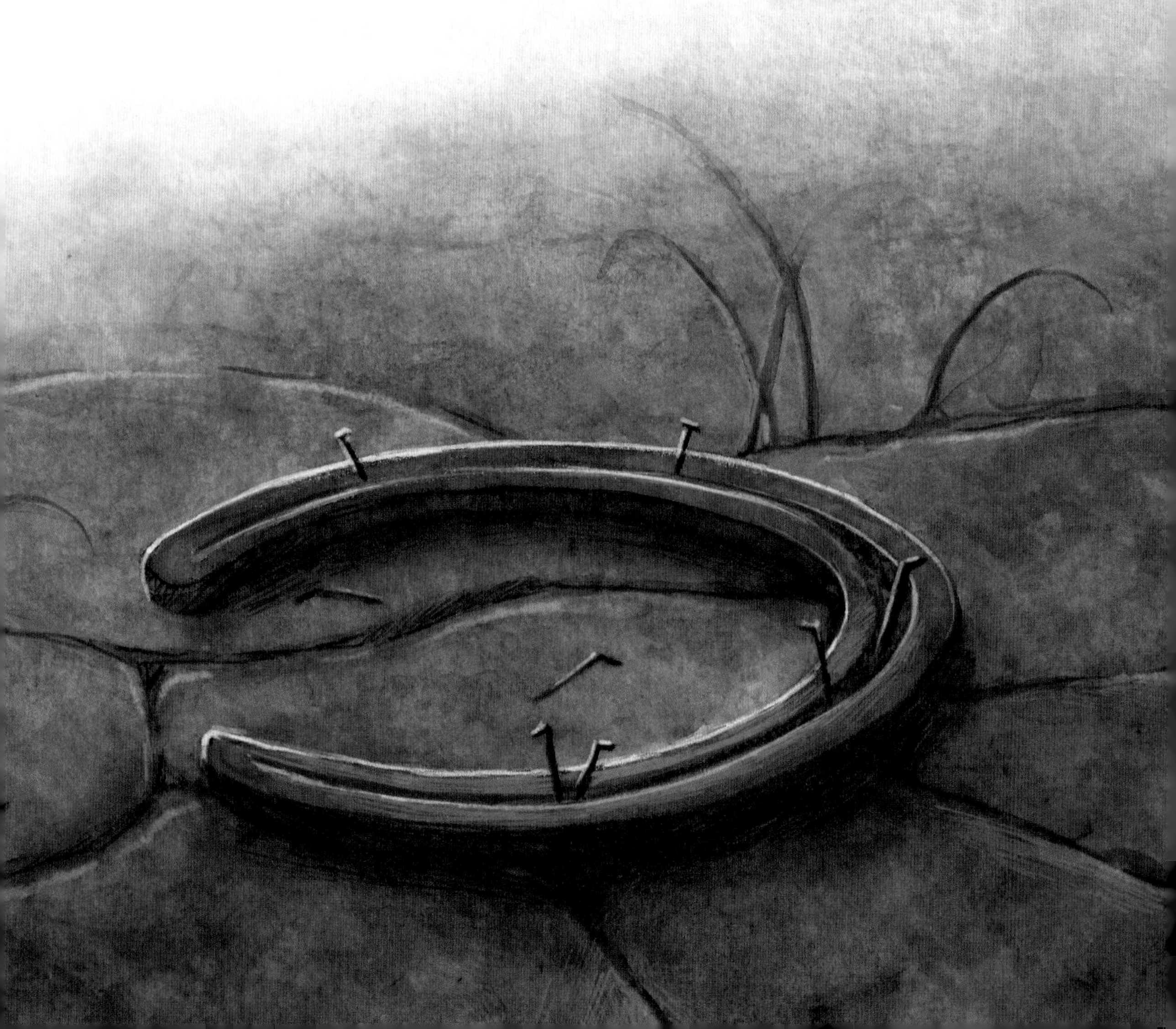

和膝盖都感到了剧烈的疼痛，但我们马习惯于默默忍受。我没有发出任何声音，只是站在那里听着——鲁本又发出一声重重的呻吟。现在，他躺在明亮的月光下，一动也不动了。我对他和我自己都无能为力。但是，啊！我多么希望听见有马车经过，或是脚步声！这条路平时走的人不多，尤其在这个时间段，我们可能要待上几个小时才能等到救助。我站在那里张望、倾听着。这是一个宁静、美好的四月之夜，除了几声夜莺的低鸣，没有任何声音；除了月亮附近的白云和一只掠过树篱的棕色猫头鹰，没有任何动静。这让我想起很久以前的夏夜，那时我常常躺在格雷农场那青翠怡人的草地上，躺在我母亲身边。

26　事情的结局

我肯定，很远处传来马蹄声时，已经差不多是半夜了。那声音时有时无，然后越来越清晰、越来越近。通往伯爵府的路上有一片自家的树林，声音是从那个方向来的，但愿有人来找我们了。随着声音越来越近，我几乎敢肯定那是生姜的脚步声。再近一点儿，我知道她拉的是那辆两轮轻便马车。我用力嘶鸣了一声，便听见了生姜的回应，还有男人们的说话声，我高兴极了。他们慢慢地走过石板路，在地上躺着的黑影跟前停了下来。

其中一个人跳下车，弯下腰查看。“是鲁本，”他说，“他没动静了！”

另一个人也跟着俯下身去。“他死了，”他说，“你摸他的手有多冷。”

他们把鲁本扶起来，可他已没了气息，头发被血浸透。他们重新把他放下，过来看我，很快就发现我被割伤的膝盖。

“怎么会发生这种事，这匹马都倒了，把他甩了出去！谁会想到黑马会干这事？没人想着他会摔跟头。鲁本一定在这里躺了几个小时了！说来也怪，马一直都没有离开这地方。”

罗伯特试着带我往前走。我迈了一步，但差点儿又摔倒。

“嗨！他的蹄子伤得和膝盖一样严重。瞧这里，蹄子都被割烂了，怪不得他会倒下，可怜的家伙！我跟你说，内德，恐怕鲁本是驾着没了蹄铁的马在这些石块上跑！为什么？假如他脑子清楚，他宁愿把马骑到月亮上去，也不会这么干。恐怕他还是老毛病犯了。可怜的苏珊！她来我家问鲁本有没有回家时，

脸色苍白得吓人。她装出一点儿也不担心的样子，找了许多可能会让他耽搁的理由。如此这般说了一堆，她还是请求我来找一下鲁本，但现在我们要怎么办？马和尸体都得送回家，这可不是件容易的事。”

他们几个商量了一番，一致同意由罗伯特牵我——他是马夫，而内德负责带回鲁本。把尸体放进马车是一项艰巨的工作，因为没有人抓着生姜。但她和我一样明白发生了什么事，站得跟石头一样稳。我注意到了这一点，因为，要说她有什么缺点的话，那就是她稍有些不耐烦。

内德带着悲伤慢腾腾出发了。罗伯特走过来，重新看了看我的脚，拿出手帕把它紧紧缠起来，就这样牵着我往家走去。我永远忘不了那次夜行——超过三英里路，罗伯特带着我缓慢地往前走，我一瘸一拐，尽量忍着剧痛。他时不时拍拍我，给我鼓劲儿，用亲切的声音跟我说话，肯定也为我感到难过。

终于到达自己的隔栏，我吃了一些谷子，罗伯特用湿布包裹住我的膝盖后，用一种泥敷剂把我的脚包扎起来，好在早上马医来看它之前把热毒拔出来，防止发炎。我好不容易在稻草上躺下来，虽然伤口很痛，却还是睡着了。

第二天，马医检查了我的伤口后说，希望没伤到关节，如果是那样，我干活应该不受影响，但伤疤是去不掉了。我相信他们已尽了最大的努力来治疗，但这是一个漫长而痛苦的过程。他们所说的增生组织从我的膝盖上凸了出来，然后他们只好用腐蚀性溶液将其烧掉；伤口总算愈合，两个膝盖前面也被涂上水疱液，膝盖上的毛也都被去掉了。他们这么做肯定有他们的道理，我想应该不会有什么问题。

由于鲁本的死非常突然，而且没有人在场，大家因此进行了调查。白狮酒馆的老板和马夫，还有其他几个人提供证明说，鲁本从酒馆出发时已经醉得不轻。收费站的管理员说，鲁本骑着马奋力疾驰过大门，而且我的蹄铁也在石块当中找到了，所以对他们来说整件事相当清楚，也就没有人责怪我。

每个人都同情苏珊，她几乎失去了理智。她一遍又一遍地说："啊！他那么好的人，那么好的人！是那些该死的酒害了他，为什么他们要卖那些该死的酒？鲁本啊，鲁本！"她一直这样子念叨，直到鲁本下葬。之后，因为没有家，也没有亲戚，她和她六个年幼的孩子不得不再一次离开高大橡树旁那个温馨的家，走进那所宏大、阴暗的贫民救济院。

27 被毁，走下坡路

膝盖一痊愈，我就被转到一个小牧场待了一两个月。那里没有别的牲畜，虽然很享受这种自由和草地的清香，但我已经习惯了和别的马在一起的生活，所以感到非常孤独。我和生姜已经成了好朋友，此时我非常想念她的陪伴。每当听见路上有马蹄声，我都会嘶鸣几声，但很少得到回应。有一天早上，大门打开后，被人牵进来的竟是亲爱的老友生姜。那人解下她的笼头，把她留在了那里。我兴冲冲地叫了一声，轻快地跑到她身边。我们都很高兴能见面，但我很快发现，她被带到我身边，并不是为了让我们高兴。她的事讲起来太长，但最后的结果是，她被艰苦的骑行毁了，现在被下放来这里，看看休养一段时间会怎么样。

乔治少爷年轻气盛，不肯接受任何劝告。他是个强悍的骑手，一有机会就会去打猎，对自己的马完全不当回事。我离开马厩后不久，举办了一场越野障碍赛，他决定骑生姜参赛。虽然马夫告诉他，生姜太累了，不适合参加比赛，但他不相信。比赛当天，他催促生姜跟上最前面的骑手。她凭着高昂的斗志，拼尽全力挤进了前三，但呼吸道因此受损，而且乔治少爷对她来说太重了，她的背部也拉伤了。“这下好了，”她说，“现在可好了，我们在青春和力量的黄金时期被毁了——你被一个酒鬼，我被一个傻瓜，真让人难以接受啊！”我们都觉得已经不是以前的自己了，好在这并没有破坏我们陪伴彼此时的快乐。我们不能再像以前那样奔跑撒欢，但可以经常一起吃东西、一起躺着休息，在一棵酸橙树的阴凉下头挨着头站上几个小时，就这样打发时间，直到伯爵一家从城里回来。

有一天，我们看到伯爵来到了牧场，约克和他在一起。看清了他们是谁，我们在酸橙树下站着不动，让他们走到我们跟前。仔细检查完我们之后，伯爵似乎十分恼火。

“白白扔了三百镑，一点儿没派上用场，”他说，“但我最在意的是我老朋友的这两匹马，他以为他们会在我这里有个好的归宿，现在却被毁了。这匹母马再给她十二个月时间，且看看这对她有什么好处；黑马必须卖掉，很可惜，但我的马厩里可容不下这样膝盖受伤的马。”

“是的，老爷，当然不能，”约克说，“但他或许能去一个不太看重外表的地方，而且能得到好的待遇。我认识一个巴斯人，他是一家车马出租行的老板，经常以低价要一匹好马。我知道他对马十分照顾。案子的审讯结果也证明了这匹马的品性，加上老爷您或者我的推荐，对他来说已经是足够的保证了。”

“你最好写封信给他，约克。比起能卖多少钱，我应该更看重那个地方对马如何。”

说完这事后，他们就走了。

“他们很快要把你带走了，”生姜说，“我将失去我唯一的朋友，而且很可能我们再也不会见面了。这是个残酷的世界！”

大约一周后，罗伯特拿着缰绳来到草场，把笼头套在我头上，就把我带走了。我没有机会跟生姜告别，被牵走时，我们互相嘶鸣，她沿着树篱焦急地小跑起来，朝我呼唤，直到听不见我的脚步声。

通过约克的推荐，我被车马出租行的老板买下。我必须乘火车去，这对我来说是生平第一次，需要很大的勇气。但当我发现那扑哧扑哧、呼啸而过的声音，汽笛的鸣响，还有我所站的运马车厢的震动，对我并不会造成真正的伤害时，很快就平静地接受了。

到达旅程的终点后，我发现自己所在的马厩还算可以，打理得也不错。这些马厩不如以往住的马厩那么通风、舒适。隔栏不是平的而是搭建在斜坡上的，由于头被拴在马槽边，我不得不一直站在斜坡上，这让我非常累。人们似乎还不明白，如果马能舒适地站立和转身，他们就能干更多的活。好在我吃得不错，也被擦洗得很干

净，总的来说，我想主人已经尽力在照顾我们了。他有许多不同种类的马和马车供出租用。有时是他自己的人驾车，更多时候，马和马车是租给绅士或女士们使用。

28　零租马和他的驾车人

来这儿之前，驾驭我的人至少懂得如何赶车；但在这个地方，我得听各式各样粗鲁无知的人使唤。现在，我是一匹“零租马”，被出租给各类想雇用我的人；而且由于我脾气好又很温顺稳当，比起其他的马，我被交给无知赶车人的机会也就更多。要是把他们驾驭我的所有风格都讲一遍，得花很长时间，我就略讲其中一些。

第一种，是紧握缰绳的人。他们似乎认为，骑马的一切都取决于紧抓着缰绳，所以他们永远也不放松对马嘴的拉扯，也不给予马最起码的活动自由。他们总是在讲“抓好缰绳，抓好缰绳”，就好像马生来就管不好自己一样。

有些可怜的、伤残体弱的马，他们的嘴巴已经被这样的赶车人弄得又僵又木，“抓好缰绳”或许能有些帮助，但对于那些知道怎

么走、嘴巴很敏感而且容易引导的马来说，这不仅是一种折磨，而且相当愚蠢。

其次，是习惯松开缰绳的人。他们让缰绳随意搭在马背上，自己的手则懒洋洋地放在膝盖上。当然，如果有什么意外突然发生，这些人就无法控制马匹。一旦马躲闪、受惊或脚步踉跄，他们就无计可施了，对马、对自己都无能为力，直至酿成悲剧。当然，就我自己来说，我并不反对这样做，因为我一向不会受惊或脚步踉跄，只是习惯了依靠赶

车人来引导和鼓励。不过，我还是喜欢在下坡时感受一下缰绳，也想知道我的赶车人是不是睡着了。

此外，懒散的赶车方式往往会让马匹养成懒散的坏习惯。马一旦被转手卖出，人们就不得不用鞭子把马身上的坏习惯驱除掉，对我们来说，这多少有些痛苦和麻烦。戈登老爷总是让我们保持最好的步伐和举止。他说，惯坏一匹马，让他养成恶习，就和惯坏一个孩子一样糟糕，而以后两者都得为此受罪。

还有，这些赶车人往往特别粗心大意，他们会把注意力放在其他事情上。有一天，我拉着四轮敞篷车外出，赶车的就是这么一位，坐在他后面的是一位女士和两个孩子。出发时，他把缰绳甩来甩去，当然还用鞭子毫无意义地抽了我几下，即使我已经顺利地开步走起来。当时道路正在进行大规模修整，即便在不是新铺的地段，路上也有许多松动的石头。赶车人跟夫人和孩子们有说有笑，谈论着道路两边的乡村。但他从不认为马值得注意，或是应该把车赶到道路最平整的地方，所以很快就出现了状况，一颗石子扎进了我的前蹄。

现在，如果是戈登先生或约翰，或者是任何一个好的赶车人，在我走出三步之前就会发现有问题。即便在天黑的时候，有经验的熟手也会从缰绳上感觉到马的步子不对，然后就会下车把石子

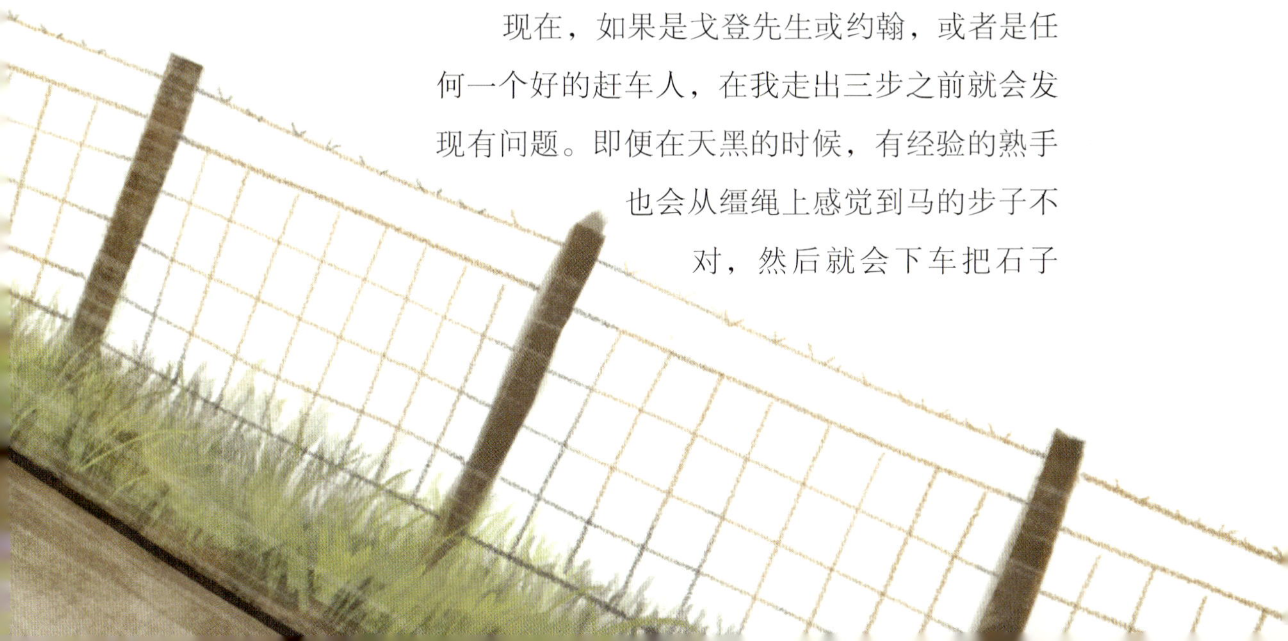

挑出来。可这个人继续有说有笑，而我每走一步，石子就在我的蹄铁和蹄叉之间卡得更深。这颗石子外圆里尖，大家都知道，这对马来说是最危险的，割伤蹄子的同时还容易让马踉跄跌倒。

不知道这人是眼睛不好还是太粗心，石子卡在我蹄子里，但他赶着我走了足足半英里才看出不对，这时候我已经疼得站不住脚。好在他终于看见了，并叫道："好哇，这下可好！居然派一匹瘸腿的马把我们打发了！真不像话！"

他把缰绳一丢，把鞭子甩了甩，说："现在，听着，别跟我玩老兵卖残的把戏，还得赶路呢，瘸腿和偷懒都没用!"

就在这个时候，一个农夫骑着一匹棕色矮脚马走了过来。他抬了抬帽子，停了下来。

“冒昧打扰，先生，”他说，“我认为您的马有点儿问题，他走起路来很像是蹄子里有石子。假如你允许的话，我可以看看，这些散乱的石子对马来说是很讨厌、危险的东西。”

“这马是我租来的，”赶车人说，“我不知道他怎么回事，但把这样一匹瘸腿的马派出来，实在很不像话。”

农夫下了马，把缰绳套在手臂上，立刻就近抓起我的一只脚。

“天哪，是有颗石子！他一瘸一拐的，我就说是因为它！”

起初他试图用手把石子抠掉，但因为揳入太深，他便从口袋里

掏出一把石镐，小心翼翼地费了一番周折才把它弄出来。他拿着石子说：“这就是卡在马蹄里的石子。他居然没跌倒，没摔伤膝盖，真是个奇迹！”

“哎呀，确实是！”赶车人说，“这倒是一件稀奇的事情！我还从来不知道马蹄里会卡石子！”

“你不知道？”农夫颇为轻蔑地说，“但这是常有的事，就算最好的马也会这样，走在这种路上有时也不可避免。如果你不想让你的马瘸腿，就得眼明手快，尽快把石子弄出来。他的这只脚已经肿得厉害了。”说着，他轻轻把它放下，拍了拍我，“我倒是建议，先生，你最好暂时赶慢一点儿，这只脚伤得很重，不会马上就痊愈。”

农夫跨上他的矮脚马，朝女士举帽示意后，就快步离开了。

他走后，赶车人开始抖动缰绳、抽打挽具，我明白我得继续赶路了，当然就走了起来，很庆幸那颗石子没了，但我的脚仍非常疼。

这一类的遭遇在我们零租马身上是常有的。

29 伦敦佬

还有一种蒸汽机式的赶车人。这些人大多来自城镇，他们从来不自己养马，一般都是乘火车出行。

他们似乎总认为，马就跟蒸汽机差不多，只是小一些。不管怎样，只要付钱，就可以想让一匹马跑多远就能跑多远，想让他跑多快就能多快，想让他拉多重就能拉多重，只要他们高兴。不管道路是泥泞难行还是干燥良好，是石头多还是平整，是上坡还是下坡，都一样——必须以同样的步伐前进，前进，前进，不能松懈，毫不体恤。

遇到陡峭的山坡，这些人从来没想过下来自己走一段。哦，不，他们花了钱来坐车，就得坐在车上！马？哦，他已经习惯了！马要是不用来拉人上坡，还要马干什么！走路？真是好笑！于是，他鞭子一挥，缰绳一甩，往往还伴着一句粗暴的呵斥："快走，你这个懒惰的畜生！”接着又是一鞭。而此时我们一直都在尽全力拉车，任劳任怨、唯命是从，尽管经常感到极其厌烦和沮丧。

这种蒸汽机式的赶车方式比其他任何类型更容易让我们疲惫不堪。我宁可和一个贴心的赶车人一起跑二十英里，也不愿和这样一个赶车人一起走十英里——体力消耗得反而更多。

还有一点，不管下坡的路有多陡，他们几乎从来不用刹车，糟糕的事故因此时有发生。就算用了刹车，他们也经常忘记在山脚下把刹车松开。我不止一次在一个轮子被刹车卡死的情况下，把车拉到下一座山的半山腰，直到那时他们才想到刹车的事，这对马来说是一种非常可怕的拉力。

其次，这些伦敦佬通常不像绅士们那样不紧不慢地起步，而是从马厩院子里就开始全速前进。他们想停下来时，先是抽我们一鞭子，然后突然勒紧缰绳，几乎让我们摔倒在地，嘴被马嚼子扯得疼痛不已——他们把这种勒马叫气势。他们还喜欢急转弯，就好像道路不分两边，走哪边都没错一样。

我清楚地记得一个春天的傍晚，我和罗里外出了一整天。（有顾客租一对马时，和我一起去的基本上是罗里，他是个真诚的好伙伴。）我们有自己的赶车人，由于他对我们总是细心周到，人也很温和，所以我们度过了愉快的一天。大约黄昏时分，我们正踏着轻快舒适的步伐往家赶。道路突然向左转弯，由于我们紧靠自己一侧的树篱，有足够的空间通过，赶车人便没让我们减速。就要到转角时，我听到一辆马车从山上向我们疾驰而来。树篱很高，我完全看不见，一眨眼我们就碰到了一起。幸运的是，我站在树篱这边。罗里在车辕的左边，可车辕也不能保护住他。那个赶车的人正向拐弯处直奔过来，看到我们时，已经来不及把车停在自己那一侧，全副力量冲向了罗里。那辆双轮车的车辕正好撞在罗里的胸口，他发出一声惨叫，踉跄着往后退，那情形我永远无法忘记。对面那匹马摔倒在地，车辆的一根车辕断了。结果发现，那是我们自家马厩里的一匹马，拉的是年轻人非常青睐的高轮轻便马车。

赶车的是那种随便又愚蠢的家伙，他甚至不知道自己该走路的哪一边，即便知道也全不在乎。可怜的罗里站在那里，他的肉被撕裂开来，鲜血像小溪一般往下淌。他们说，如果再往一边偏一点儿，就会要了他的命。若是那样的话，对他倒也是件好事，可怜的家伙！

果然，过了很长时间他的伤口才愈合，紧接着他就被卖去拉煤。拉煤那种活计，要在陡峭的山坡上拉着车跑上跑下，那滋味只有马知道。我在那里看到景象——一匹马不得不拖着沉重的两轮运煤车下山，车上又没法装刹车，我现在想起来还觉得难过。

罗里伤残以后，我经常和一匹名叫佩吉的母马一起套车，她就住在我旁边的隔栏。佩吉体格强壮而匀称，明亮的淡褐色皮毛上有漂亮的斑纹，尾巴和鬃毛是深褐色。她没有高贵的血统，但非常漂

亮，而且脾气特别好，也能吃苦耐劳。尽管如此，她的眼睛里还是有种焦虑的神情，我知道，她肯定有什么烦恼。我们第一次一起出去的时候，我觉得她的步伐很奇怪，似乎半走半小跑，走上三四步就往前跳一下。

这对任何同她一起拉车的马来说都是非常不爽的，这当然也让我很烦躁。回家之后，我问她干吗用那种奇怪又笨拙的方式走路。

“唉，”她忧心忡忡地说，“我知道我步子别扭，但能怎么办？这真不是我的错，只是因为我的腿太短了。我站着差不多和你一样高，但你的大腿比我的足足长了三英寸，步子当然比我的大，跑起来也快得多。你知道，我决定不了我的外在——倒希望我可以，那样我就会有四条大长腿。我所有的麻烦都是因为腿短。”佩吉的语气非常沮丧。

“但怎么会呢？”我说，“你这么壮实，脾气又好，还不偷懒。”

“哎呀，你看，”她说，“人们要我们跑得很快，如果一匹马跟不上其他马，等待他的就只有鞭子，鞭子，鞭子，从来如此。我不得不尽可能地跟上，所以养成了这种难看的搪塞式步伐。也不是一

直这样，我和第一个主人在一起时，都是正常行走，同时他也不那么急急忙忙。他是一名年轻的乡村牧师，是个善良的好主人。他有两座教堂要去，相隔很远，有大量的工作要做，但他从来不会因为我没能走快一点儿而责骂或鞭打我。他非常喜欢我，真希望我现在还能跟他在一起。后来，他不得不离开，到一个大城镇去，我就被卖给了一个农夫。

“你知道，有些农夫是一等一的好主人。可我认为我的这一位是那种卑鄙的家伙。他对马和驾车的好坏完全不在乎，只关心要跑得快。我尽我所能地跑，但那没用，他还是一直抽我，所以只能用这种往前跳一下的步子来跟上。去集市的晚上，他经常在旅店待到很晚，然后全速赶车回家。

“有天夜里，天非常黑，他像往常一样飞奔着往家赶。突然，车轮撞到了路上的一个巨大重物，车一下子翻了；他也被甩了出去，一条胳膊断了，我想可能还断了几根肋骨。反正，我和他一起的生活就此结束，我并不感到遗憾。可你看，如果人们非得要跑这么快，对我来说在哪儿都一样。我真希望我的腿再长一点儿！”

可怜的佩吉！我为她感到非常难过，却无法安慰她，因为我知道把速度慢的马和快马放在一起对他们有多难！挨鞭子永远有他们的份儿，但他们无能为力。

她经常被用来拉四轮轻便敞篷车，一些女士们很喜欢她，因为她很温顺。过了一段时间，她被卖给了两位自己赶车的女士，她们想要一匹安全的好马。

我在乡下遇见过她几次，她迈着稳稳的步子，看起来像一匹快乐又满足的马。我见到她很高兴，因为她应该有一个好去处。

佩吉走了以后，另一匹马来接替了她的位置。这匹马很年轻，但因为胆怯和易受惊而名声不佳，失去了一个好去处。我问他是什么让他胆怯。

“咳，我也不知道，”他说，“我从小就很胆小，有几次都被吓坏了，只要看到什么陌生的东西，我就会转过头去看——你知道，因为戴着眼罩就看不见也无法理解东西，除非把头转过去——然后我的主人总是给我一顿抽，这当然会让我开始害怕，而且分毫不能减少我的恐惧。我想，如果他能让我安静地看清东西，让我明白没有什么东西会伤害我，那就会没事的，我也会慢慢习惯。有一天，一位老先生和他一起骑马，有一大块白纸或者破布之类的东西正好从我的一侧刮过。我吓了一跳，一下子往前冲去。主人像往常一样拿鞭子狠狠抽我，但老人喊道：‘不对！你这样不对！马胆小的话你绝不应该用鞭子抽。他胆怯是因为他被吓着了，而你抽他只会让他更加害怕，让他的习惯变得更糟。’所以我想，不是所有人都像我主人这么干。我不想为了胆怯而胆怯，但如果你从来不被允许了解任何事情，你怎么知道什么危险，什么不危险？我对我了解的东西就从来不害怕。我是在一个庄园里长大的，那里有鹿，我了解他们，对他们就像对牛羊一样熟悉。但他们并不常见，我知道许多聪明的马非常害怕他们，每当经过一个有鹿的围场，那些马都会先闹出一阵动静。”

我知道我的同伴说的是真的，真希望每匹年轻的马都有像农场主格雷和戈登老爷那样的好主人。

当然，我们在这里偶尔也会遇到好的赶车人。我记得有一天早上，我被套进一辆轻型马车，带到了普尔特尼街的某人家里。两位先生走了出来，个子较高的那位走到我的头边。他看了看马嚼子和笼头，用手调整了一下颈圈，看看是否贴合。

“你觉得这匹马需不需要勒马缰？”他对马夫说。

“哦，”那人说，“要说不戴也行，他嘴巴特别好，而且精力充沛，没有恶习。不过，我看人们大都喜欢用勒马缰。”

“我不喜欢那东西，”这位先生说，“还是把它摘下来，把缰绳系在脸颊上为好。长途旅行中，嘴巴轻松也是件要紧的事情，对吧，老伙计？”他拍了拍着我的脖子。

他接过缰绳，两人都上了车。我现在还记得他如何安静地把我转过来，然后缰绳稍稍一给力，又用鞭子轻轻掸了下我的后背，我们就出发了。

我昂起脖子，迈着最好的步伐出发了。我发现身后真是一个懂行的人，他知道该怎么使唤一匹好马。时间似乎回到了过去，我非常快乐。

这位先生非常喜欢我，在用马鞍试了几次之后，他说服我的主人把我卖给他的一位朋友，那位朋友想找一匹安全、舒适的马来骑。就这样，到了夏天，我被卖给了巴里先生。

30 小偷

我的新主人是个没结过婚的男人。他住在巴斯，成天忙着做生意。他的医生建议他骑马锻炼身体，因此便买下了我。他在离住处不远的地方租了一间马厩，雇了一个叫菲尔彻的人当马夫。主人对马所知甚少，但他对我很好，要不是因为他不了解一些事儿，我本应该有个更轻松舒适的家。他订购了最好的干草，加上大量的燕麦、碎豆子、麸皮，还有野豌豆或黑麦草，他认为这些都是必要的。我听见主人下了吩咐，因此知道有很多好东西吃，还想着自己生活无忧了。

几天下来，一切都很顺利。我发现我的马夫是个懂行的人，他把马厩打理得既干净又通风，把我擦洗得彻彻底底，而且一直都非常温和。他曾在巴斯的一家大旅店当过马夫。后来不干了，现在种些水果和蔬菜在市场上卖，他的妻子则卖一些养肥了的家禽和兔子。过了一段时间，我发现我的燕麦似乎少了很多。豆子倒是还有，但里面掺了麸皮来代替燕麦，燕麦非常少，肯定不超过应有数量的四分之一。两三个星期后，我的体力和精神开始受到影响。草料虽然很好，但没有了谷物，就不足以维持体力。然而我没办法抱怨，也没法让人知道我的需求。这种情况持续了两个月左右。奇怪的是，我的主人竟然没发现有什么不对。有一天下午，他骑马到乡下去看他的朋友——一位绅士农场主，住在去往维尔斯的路上。

这位先生看马的眼光非常敏锐，在问候过主人之后，他的目光投向我，并说道："依我看，巴里，你的马看着不像刚养时那么好。他还好吗？"

"好啊，他没事，"主人说，"但他不像以前那么活泼了，我的马夫告诉我，马在秋天总是无精打采的，我也只得这么想了。"

"什么秋天，胡扯！"农场主说道，"我说，现在才八月，你那边工作轻松、食物又好，就算是秋天，他也不应该这么没精神。你是怎么喂他的？"

主人告诉了他。那人轻轻摇了摇头，伸出手来在我全身上下摸了摸。

"我不敢说谁吃了你的谷物，亲爱的老兄；可要是你的马吃了，就算是我大错特错。你来时骑得很快吗？"

"没有啊，很慢的。"

“那你把手放在这儿，”说着，他拉过主人的手抚摩我的脖子和肩膀，“他又热又湿，就好像刚从草堆里出来。我建议你多查看你的马厩。我不喜欢疑神疑鬼，而且，感谢上帝，我也没有理由怀疑，我能充分信任我的人，不管我在不在。不过，也有一些卑鄙的下三滥，坏到可以抢夺一匹不会说话的牲口的口粮。你必须留意这事。”说完，他转身对过来牵走我的仆人说：“把这匹马好好喂一顿，多给些碎燕麦，别舍不得。”

不会说话的牲口！是啊，确实如此。但凡我能说话，我就会告诉主人他的燕麦去了哪里。我的马夫通常早上六点钟左右就来了，和他一起来的还有一个小男孩。男孩总是拎着一个带盖的篮子，经常跟着他父亲一起到存放谷物的马具房里。透过半开的门，我看见他们从箱子里装一小袋燕麦，装完后男孩就走了。

主人回来五六天后的一个早晨，男孩刚刚走出马厩，门就突然被推开，一个警察走了进来，紧紧抓着孩子的胳膊；另一个警察跟着进来，从里面锁上门，说道：“带我去看看你父亲放兔粮的地方。”

男孩看起来非常害怕，开始哭起来，但他逃不掉了。他带路来到饲料箱跟前。警察在这里发现了另一个空袋子，和男孩篮子里发现的那个装满燕麦的袋子一模一样。

菲尔彻此时正在给我清理蹄子，

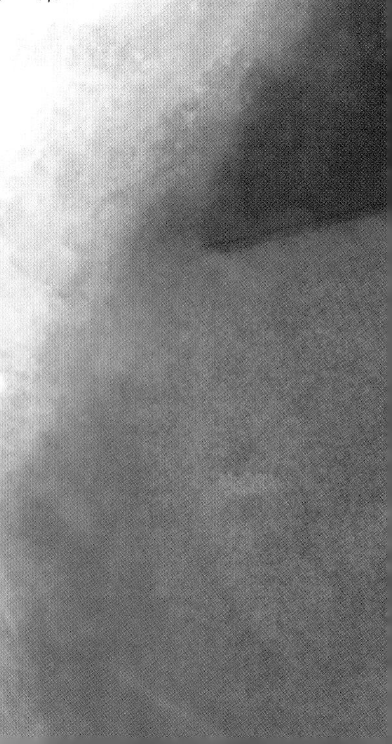

但警察很快就看到了他，尽管他一直大喊大叫，他们还是送他进了局子，他儿子也被一起带走。事后，我听说没判那男孩的罪，但菲尔彻被判两个月监禁。

31 骗子

主人没有立即找到合适的人选，但没过几天，我的新马夫就来了。他身材高大，可以说相貌堂堂，如果说有伪装成马夫模样的骗子，那就是阿尔弗雷德·斯米尔克了。他对我非常亲和，从来不虐待我。事实上，当主人在旁边的时候，他对我又是抚摩又是拍来拍去的。带我出门之前，他总是用水刷洗好我的鬃毛和尾巴，用油擦亮我的蹄子，让我看起来光鲜漂亮。至于清洗我的蹄子，查看我的蹄铁，或者彻底梳理我的毛发，他根本不放在心上，好像我就是一头牛一样。他任由我的嚼子生锈、马鞍潮湿、尾带僵硬。

阿尔弗雷德·斯米尔克认为自己非常英俊，他在马具房的小镜子前花很多时间打理自己的头发、胡须和领带。主人对他说话时，他总是说："是，先生；是，先生。"——每说一句话都要摸摸帽

子，每个人都认为他是个非常好的年轻人，巴里先生遇到他真是幸运。我应该说，他是我接触过最懒惰、最自负的家伙。当然，不受虐待是件大好事，但一匹马想要的不止这些。我住在散放圈里，要不是因为他太懒惰不去清理，我可能会过得很舒服。他从来都不把稻草拿走更换，而稻草下面的气味非常难闻，散发的浓烈湿气让我的眼睛刺痛发炎，吃东西也没了胃口。

有一天，主人走进来说："阿尔弗雷德，马厩气味太重了，你是不是应该把隔栏好好擦一擦，再多泼些水？"

"好的，先生，"他摸了摸帽子说，"如果您觉得好，我会这么做的，先生。不过，在隔栏里泼水相当危险，先生。马很容易受凉，先生。我不想伤害他，但如果您觉得好，那我就泼点儿，先生。"

"好吧，"主人说，"我不希望他受凉，但我不喜欢马厩的这种气味。排水沟没问题吧？"

"这个吗，先生，既然您提到了，我想排水沟有时确实会发出臭味，可能是有些问题，先生。"

"那就叫砖瓦匠过来看看吧。"主人说。

"好的，先生，我这就去叫。"

砖瓦匠来了，拆了很多砖，但没发现什么问题，于是他抹了些石灰，收了主人五先令，而我隔栏里的气味还是像以前一样糟糕。这还不是全部，整天站在一大堆潮湿的稻草上，我的脚变得又软又有毛病，主人时常说："不知道这马是怎么了，走起路来笨腿笨脚的，有时我都担心他会绊倒。”

“是的，先生，”阿尔弗雷德说，“我遛马的时候也注意到了。”

事实上，他几乎从来不遛我。主人忙的时候，我常常一连站好几天，腿脚完全得不到舒展，喂的东西却和干累活时一样多。这常常损害我的健康，让我变得沉重又迟钝，但更多时候是燥热不安。他甚至从来没有给我吃过一顿青草或麸皮糊，而这些东西本可以帮我凉快下来，就因为他又无知又自以为是。还有，他不让我出去活动或给我更换伙食，反而让我服用马丸和药水。这些药灌进喉咙时，除了让我心烦，还让我恶心、不舒服。

有一天，我的脚软得不行，驮着主人在一段新铺的石子路上小跑时，被重重绊了两下。从兰斯顿进城后，主人在马医那里停了下来，请他看看我出了什么问题。那人把我的蹄子一只一只抬起来检查，然后站起来，拍了拍手上的灰尘说：“您的马得了‘蹄叉疮’，而且很严重。他的蹄子非常软，幸好没有摔倒。您的马夫之前怎么没发现呢？真是奇怪！这是在肮脏的马厩里才会出现的病，那里面的垃圾从来没有好好清理过。您明天把他送到这儿来，我会给他护理一下蹄子，再指导您的马夫如何给他涂抹我给的药膏。”

第二天，我的四只脚被彻底清洗干净，塞上了浸过强力药膏的麻绳，那滋味真是相当难受。

马医吩咐，隔栏里的垃圾每天都要清掉，地板要保持清洁，要给我吃麸皮糊和少量青草，不要喂太多谷物，直到我的蹄子康复。

经过这番治疗，我很快又恢复了精神；但巴里先生因为两次被他的马夫欺骗，已经受够了，决定放弃养马，需要马时再雇一匹。就这样，我一直被养到脚完全康复，然后又被卖掉了。

第三部分

32 马市

对于那些没有什么可失去的马来说，马市无疑是一个非常有趣的地方。无论如何，有很多东西都值得一看。

一串串刚从湿地里出来的乡下幼马，一群群毛茸茸的威尔士小矮马——还没欢腿儿高；数百匹各种各样的拉车马，有的还把长长的尾巴编成辫子，用猩红色绳子系着；还有很多像我一样的马——英俊潇洒、血统纯正，由于一些意外或瑕疵、风评不佳或其他原因沦落为中等马。有一些骏马正值壮年，能胜任一切工作；他们甩开蹄子，趾高气扬地炫耀着自己的步伐，马夫牵着缰绳在一旁小跑着。可在场地后面还有一些可怜的马匹，他们因艰辛劳累而憔悴不堪，每走一步膝盖就打弯，后腿一摆一摆的。有一些老马看起来非常沮丧，下嘴唇耷拉着，耳朵沉重地向后倒着，好像生活中再也没有了乐趣，没有了希望。还有一些马瘦骨嶙峋，肋骨清晰可见，有几匹马脊背和屁股上长满了陈年的疮疤。对一匹马来说，看见这样的景象真是让人伤感，谁也不知道自己是否也会落到同样的下场。

在马市上，人们讨价还价、争先恐后地交易。如果一匹马能在他所能理解的范围内说出自己的心声，那么我可以说，在马市上，谎言和诡计多如牛毛，再聪明的人也难以细数。我和另外两三匹健壮、看起来很有用的马放在一起，很多人都来看我们。那些绅士们看见我受过伤的膝盖，总是嫌弃我，尽管牵着我的人发誓说只是在马厩里滑了一下。

人们对我做的第一件事是掰开我的嘴，接着看我的眼睛，然后顺着我的腿一直往下摸，使劲摸我的皮肉，最后试我的步伐。他们做这些事情的方式差别很大，简直令人惊奇。有的人做起来粗暴随意，好像马就是一块木头；有的则是把手轻轻放在马身上，不时地拍一拍，就好像在说："请别见怪。"当然，我也根据他们对我的态度，来判断买家的好坏。

他们中有一个人，我想，如果他愿意买下我，我会非常高兴。他不是绅士，也不是那种自称绅士的浮夸大嗓门。他个头不高，但体格魁梧，动作敏捷。从他对待我的方式，我便立刻知道他对马很在行。他讲话很温和，灰色的眼睛里有一种亲切、愉悦的神情。说起来似乎奇怪——事实也是如此，他身上干净、清新的气味让我对他产生了好感。他身上没有我讨厌的那种老啤酒和烟草的味道，而是一股清新的气味，仿佛才从干草棚里出来。他出价二十三英镑要买我，被拒绝后便走开了。我在他身后，眼睁睁地看着他离去。这时来了一个长得很凶、嗓门很大的人。我非常担心他会买下我，好在他还是走了。又来了一两个

人，都不是诚心要买。接着，那个面相凶恶的人又折返了回来，出价二十三英镑。来来回回、讨价还价中，我的卖家开始觉得不可能卖到自己想要的价格，必须得降一点儿。就在这时，那个灰眼睛的男人又回来了。我情不自禁地把头伸向他。他亲切地抚摩了一下我的脸。

“好吧，老伙计，”他说，“我想我们应该都让一点儿。我出二十四英镑买他。”

“你给二十五英镑，他就归你了。”

“二十四英镑十便士，”我的朋友用非常果断的语气说，“一个子儿也不加，卖还是不卖？”

“成交，”卖家说，“你放心，这匹马的品质好得惊人，如果你想让他做拉车的活计，是非常划算的。”

钱当场付清，我的新主人抓着笼头带我走出集市，来到一家旅店，在那里他准备好了马鞍和缰绳。他给我喂了很多燕麦，我吃的时候他就站在旁边，一会儿自言自语，一会儿和我说话。半小时后，我们走在去往伦敦的路上，穿过宜人的小巷和乡间小路，一直来到伦敦的大街。煤气灯已经点亮，右边是街道，左边也是街道，街道与街道互相交错，走了一英里又一英里。我以为我们永远也走不到尽头。最后，穿行过一条街道，我们来到了一个长长的出租马车站，只听我的骑手用欢快的声音喊道：“晚上好，理事先生！”

“嗨！”一个声音叫道，“买到好马了吗？”

“我想是的。”我的主人回答。

“希望他给你带来好运！”

“谢谢您，理事先生。”他骑着马继续前行。我们很快转弯走上一条窄街，大约走到一半，又拐进一条狭窄的巷道，一边是看起来相当简陋的房屋，另一边似乎是马车房和马厩。

主人在其中一座房子前拉起缰绳，吹了一声口哨。门一下子就开了，一个年轻女人跑了出来，后面跟着一个小女孩和一个男孩。主人下马时，大家都热热闹闹地问候他。

“行了，哈里，我的孩子，把大门打开，妈妈要把灯笼给我们拿来。”

紧接着，他们都围着我站在一个小院子里。

“他脾气好吗，爸爸？”

“当然，多丽，就跟你的小猫咪一样温柔，来拍拍他吧。”

那只小小的手马上毫不胆怯地在我肩膀上到处轻轻拍打，那感觉真好啊！

“你给他擦洗一下，我去拿麸皮糊给他吃。”她妈妈说。

“对，波莉，他正需要那个。我知道你也为我准备了美味的土豆泥。”

“香肠布丁和苹果馅饼——”男孩大叫一句，引得大家哈哈大笑。我被领进一间舒适的、气味清新的隔栏，里面有大量的干稻草。吃过一顿很棒的晚餐后，我躺了下来，心想我就要过上幸福的日子了。

33　一匹在伦敦拉出租的马

新主人的名字叫杰瑞米·巴克，但大家都叫他杰瑞，我也就这么叫了。波莉，他的妻子，是男人的理想伴侣。她是个丰满、匀称又整洁的小女人，柔顺的深色头发，一双深色眼睛，一张快乐的小嘴巴。小男孩哈里十二岁，是个直率、好脾气、高挑的小伙子。小多萝茜（大家都叫她多丽）八岁，完全是她母亲的翻版。他们都非常相亲相爱，我再没见过比他们更幸福快乐的一家人。杰瑞有一辆自己的出租马车和两匹马，车他自己赶，马也是亲自照料。主人的另一匹马是一匹身躯高大的白马，名叫上尉，现在已经老了，但年轻时肯定非常出色。他依然把头抬得高高的，骄傲地昂着脖子。事实上，他是一匹血统纯正、仪态高贵的老马，全身每一寸都很高贵。他告诉我，他年轻时参加过克里米亚战争[1]，是一名骑兵军官的坐骑，曾率领整个骑兵团。这事我以后再详细讲述。

第二天早上，我被刷洗完毕后，波莉和多丽到院子里看我，想和我交朋友。哈里一大早就来帮他父亲的忙，并发表看法，说我应该是一条“好汉”。波莉拿给我一片苹果，多丽给了我一块面包，当年我还是黑美人的时候，受到的也是这样好的待遇。再次被人爱抚、用温柔的声音说话，是一种莫大的享受，我尽可能地让他们知道我也希望友好相处。波莉认为我非常帅气，要不是因为膝盖损伤，对出租马车来说简直太完美了。

1. 克里米亚战争（1853—1856年）：俄国与英国、法国、奥斯曼帝国之间的战争。因主要战场在克里米亚而得名。

“当然，没人能告诉我们那是谁的错，”杰瑞说，“既然我无法知道，我就相信他是无辜的，因为我从没骑过这么稳健、利落的马。我们就叫他‘杰克’，跟原来那匹一样，好吗，波莉？”

“行，”她说，“我想让一个好名字留传下去。”

上尉一上午都在外拉出租。哈里放学后来给我喂食物和水。下午，我被套进了马车。杰瑞不厌其烦地调试我的颈圈和缰绳，看是否合适和舒服，就好像是另一个约翰·曼利。当尾带放出一两个孔之后，一切都合适了。没有勒马缰，没有马衔铁，只有一根普通的环形马嚼子。真是一件幸事！

出门走过窄街后，我们来到了杰瑞和理事先生说“晚上好”的那个出租马车站。宽阔街道的一边是高大的房屋和漂亮的商店门面，另一边是老教堂和教堂庭院——用铁栏杆围着。几辆出租马车停在栏杆旁等待客人。地上到处都是干草碎屑，有几个男人站在一起聊天，有几个人坐在赶车位上看报纸，还有一两个人正拿碎干草喂马或给马喝水。我们把车停在最后一辆出租马车的后面。有两三个人围过来，开始打量我，在一旁评论起来。

“葬礼用非常合适。”一个人说。

“太漂亮了，”另一个人很精明地摇摇头说，“但你总会在某天早上发现他哪里不对劲，否则我就不叫琼斯了。”

“好吧，”杰瑞愉快地说，“我想，在不对劲来找我之前，我可不需要去找它，啊哈？而且要真是这样，我也还可以多高兴几天。”

这时，走过来一个宽脸庞的男人，穿着一件灰色大外套，披着灰色斗篷——上面系着白色大纽扣，戴一顶灰色礼帽，一条蓝色羊毛围巾松松地系在脖子上。他的头发也是灰的，但看起来是个很快乐的家伙。其他人给他让出了路。他将我上下打量一番，好像本来他要买下我似的，然后哼了一声，直起身子说：“他正适合你，杰瑞，我不管你花多少钱买的，但他物有所值。”就这样，我的品质算是得到了站上的认可。

这人名叫格兰特，但大家都叫他“灰色格兰特”，要么叫“格兰特理事”。他是这些人里在这站上干得最久的一位，而且他自愿承担起解决各种问题和制止争端的责任。总的来说，他是个幽默、和气、通情达理的人。可如果他的脾气失控，比如有时喝多了酒，没有人愿意靠近他的拳头，他动起手来谁都吃不消。

我拉出租马车的第一个星期非常难熬。我从来没有在伦敦待过，在嘈杂、匆忙、拥挤的马匹和大大小小的车辆中穿行让我焦躁不安，但我很快发现可以完全信任我的赶车人，让自己放松下来后，便习惯了这种生活。

杰瑞是我见过的最好的赶车人。更好的是，他对马就像对他自己一样用心。他很快就发现我很乐意干活儿，又非常卖力，所以他从来不用鞭子抽我，除非在要我往前走的时候，他才用鞭梢轻轻在我背上掸一下。一般情况下，我从他拿起缰绳的样子就很清楚这一点，他的鞭子更多是插在腰间，而不是握在手上。

没用多长时间，我和主人就摸透了彼此，配合得非常默契了。在马厩里，他也尽他所能让我们感到舒适。马厩是老式的，斜坡部分太多，但他在我们隔栏后面装了两根活动的栏杆。在晚上以及我们休息的时候，他只需摘下我们的笼头、把栏杆搭好，这样我们就可以随意地转身和站立，自在又舒服。杰瑞把我们养得很干净，吃的东西尽可能变换花样，给的量总是很足。不仅如此，他总是给我们大量清水，让我们日夜随时饮用；当然，我们热着身子回来的时候除外。有人说，不应该让马放开喝水。但我知道，如果我们想喝水就让我们喝，每次只喝一点儿，这比我们一次吞下半桶水要好得多；要是一直没喝水，到最后我们都会渴得难受。有些赶车人回家喝啤酒时，扔下我们几个小时守着干枯的草和燕麦，没有任何东西来滋润；因此，有水时，我们当然会一下子吞下太多，这会让我们呼吸不畅，有时还会让胃受凉。不过，我们在这里最开心的事情是星期天能休息。一周工作那么辛苦，要不是有星期天，我想我们不可能坚持下来；此外，我们还有时间享受彼此的陪伴；也是在这些日子里，我了解了我同伴的经历。

34　一匹老战马

上尉是一匹受过驯教和训练的军马。他的第一任主人是一名出征过克里米亚战争的骑兵军官——年轻、意气风发、非常绅士，而且特别喜欢他，从一开始就对他关爱备至。上尉说他很喜欢和其他马一起训练、一起小跑、一起向左或向右转，一听到命令就停步，听到号声或军官的指令就全速往前冲。上尉年轻时身上带有青灰色的

斑纹，大家都说他非常英俊。上尉告诉我说，他以为军马的生活非常惬意，但当他被送上大船、漂洋过海去国外时，几乎改变了看法。

“那段经历太可怕了！”他说，“我们当然不可能从陆地走到船上去，所以他们不得不在我们的身体下面绑上结实的带子，也不管我们挣扎，把我们四脚悬空吊起来，在空中荡过水面送到大船的甲板上。在船上，我们被关在狭小的舱室里，很长时间都看不到天空，腿脚也不能舒展。有时船会在大风中颠簸，我们被撞得东倒西歪，这感觉糟糕透顶。

“历经千辛万苦，总算到了终点，我们又被吊了起来，荡回到了陆地。再次感觉到脚下坚实的土地时，我们非常高兴，又是打响鼻又是嘶鸣，简直欣喜不已。

“我们很快就发现，来到的这个地方与我们自己的国家大不一样；除了打仗以外，我们还要忍受许多的艰难困苦。许多人都非常爱惜他们的马，哪怕下雪、潮湿，一切都乱糟糟，他们还是尽一切可能让马舒适一点儿。”

“但是打仗呢？”我说，“那不是比任何别的事情都糟糕吗？”

“咳，”他说，“我也说不清！我们总是喜欢听到号声，喜欢被叫出来，迫不及待地要出发；尽管有时我们不得不站上几个小时，等候命令下达。一旦接到命令，我们便急切又欢快地一跃而出，就好像前方没有炮弹、刺刀或子弹。我相信，只要我们感觉到骑手稳稳坐在马鞍上，手稳稳抓着缰绳，就没有一匹马会屈服于恐惧，即使可怕的炸弹在空中旋转并爆炸成一千块碎片。

“我和尊贵的主人一起参加了许多次战斗，没受过一次伤。虽然我看见马匹被子弹击倒，被长矛刺穿，被可怕的马刀砍伤；虽然我们任由他们死在战场上，或在伤口的剧痛中奄奄一息；但我想我并不为自己担心。主人在鼓励他部下时，激昂的声音让我感到仿佛他和我都不会被杀死。我如此信任他，以至于在他发出指令的同时，我已经准备好冲向炮口。我看到许多勇士被砍倒，许多人从马鞍上摔下来受了重伤。我听到过垂死者的哭喊和呻吟。我曾在湿滑带血的地面上驰骋，为避免踩到受伤的人或马匹，经常不得不闪向一边；但是，在那可怕的一天到来之前，我从未感到过恐惧。那一天我永远不会忘记。”

老上尉在这里停顿了一会儿，深深吸了一口气。我等着，等着他继续说下去。

“那是一个秋天的早晨，天亮前一小时，我们的骑兵像往常一样已经整装待发，为一天的工作做好准备——无论是战斗还是待命。士兵们站在马旁等候，随时接受指令。天色渐亮，军官们似乎有些兴奋，这一天还没开始，我们就听到了敌人的枪炮声。

“一名军官骑马过来，一声令下，所有人都上了马鞍。每一匹马都站着等待缰绳的触碰，或是骑手脚跟的压力。所有人，所有马都精神抖擞，满怀渴望，但我们仍然训练有素，除了咬嚼子的声音和时而不安地甩甩头，可以说我们纹丝不动。

“我亲爱的主人和我在队伍的最前面，大家一动不动，保持警惕。他抓起我鬃毛上歪向一边的一小绺毛发，把它们放在右边，并用手抚平，拍拍我的脖子，说：‘今天我们会有一整天的战斗，拜亚尔，我的勇士，但我们要像往常一样尽职尽责。’我认为，那天早上，他抚摩我脖子的次数比以前任何时候都多。他静静地在我脖子上摸了又摸，好像在想什么别的事情。我享受着他的手在我脖子上的感觉，骄傲又快乐地仰起脑袋，但我仍一动不动地站着——我懂他所有的情绪，知道他什么时候喜欢我安静，什么时候喜欢我活跃。

“我无法讲出那天发生的所有事情，但可以讲讲我们在一起发起的最后一次猛攻：穿过敌人大炮正前方的一座山谷。在此之前，我们对大炮的轰响、火枪的嗒嗒声，和身旁嗖嗖的子弹已经习以为常，但我从来没有经历过那天那样猛烈的炮火。子弹从四面八方向我们倾泻而来。许多勇士倒下了；许多战马倒下了，把骑手甩在地上；许多没了骑手的马疯狂冲出了队伍，发现孑然一身后惊恐万分，没了骑手的引导，又挤回同伴中间，和他们一起冲锋驰骋。

“尽管很害怕，但谁也没停步，谁也没退缩。队伍每时每刻都在减员。每当有战友倒下，我们就靠拢过来团结在一起；我们接近大炮时，步伐非但没有动摇或踉跄，反而越跑越快。

“我的主人，我亲爱的主人正高举右臂为他的战友们呐喊，这时，一颗子弹自我头顶上呼啸而过，击中了他。我感到他被震得摇晃起来，但他没有发出任何叫喊。我试图控制速度，但剑从他的右手上掉了下来，左手的缰绳也松开了。他从马鞍上向后一沉，倒在了地上。其他骑兵从我们身边席卷而过，我被他们冲锋的力量裹挟着离开了原地。

“我想在原地守在他身边，不想将他留在一阵阵马蹄之下，但这是徒劳的。现在，我没有了主人，没有了朋友，孤零零地站在这片大屠杀场上；恐惧占据了我，我浑身剧烈发抖，以前从未这样过。我也想加入大部队，像其他马一样奔驰，但被士兵们的刀剑逼退。就在这时，一名士兵抓住我的缰绳，骑在了我背上——之前他胯下的马被杀了。有了新主人的带领，我再一次向前冲去，但我们英勇的骑兵团受到了残酷地压制，那些在激烈枪战后幸存的人又从战场上飞奔回来。有些马受了重伤，因失血过多几乎不能动弹；有些高贵的马匹努力用三条腿拖着前行；还有一些马的后腿被子弹击碎，挣扎着想用前腿站起来。战斗结束，伤员被带回来医治，牺牲者被埋葬。”

“那受伤的马呢？”我说，“他们被留在那里等死吗？”

“不，军队马医拿着手枪到战场上，把所有被毁了的马匹都射杀了，一些只有轻伤的马被牵回来给予治疗。可那天早上出征的那些高尚、英勇的马匹，大部分再也没回来！我们马厩里的马，回来的大约只有四分之一。

“我再也没见到亲爱的主人。我相信他从马鞍上摔下来死了。我从未如此深爱过其他主人。后来我参加了许多其他的战斗，只受过一次伤，而且伤得不重。战争结束后，我又回到了英国，和我出征时一样健康强壮。”

我说：“我听过人们谈论战争，就好像那是一件非常美好的事情。”

“啊！”他说，“我想他们根本没见过真实的战争。毫无疑问，在没有敌人的情况下，只是演习、阅兵和假打，还是非常不错的。

是的，的确非常好；可是，当成千上万的勇士和马匹被杀死或终身残废时，那场面就完全不同了。”

“你知道他们为什么打仗吗？”我问。

“不知道，”他说，“这超出了一匹马的理解范围，但如果特意远涉重洋去杀他们是正确的话，那敌人一定是非常邪恶的人。”

35 杰瑞·巴克

我从没见过比我的新主人更好的人了。他亲切善良，像约翰·曼利一样坚持正义；而且脾气非常好，开朗快活，很少有人能跟他吵起来。他很喜欢编小曲儿自唱自乐。他最喜欢唱的一首是这样的：

“来，爸爸和妈妈，
妹妹和哥哥，
来，大家一起
互相帮助。”

他们也是这样做的。哈里对马厩里的工作很在行，像个大孩

子，而且总是尽量找活儿干。波莉和多丽经常在早晨来帮忙收拾马车——清扫和拍打坐垫、擦亮玻璃。杰瑞在院子里给我们进行一番刷洗，哈里则是擦拭马具。他们之间经常说说笑笑的，从来不说责骂和难听的话，这让我和上尉也精神大好。一家人总是一大早就来，因为杰瑞会说：

“如果你在早晨
浪费几分钟，
那一整天
你都找不回来。
你会匆匆忙忙，
要么就慌里慌张，
时间一去不回，
一去不回啊！”

他不能容忍任何的吊儿郎当和浪费时间的行为。最让他生气的莫过于遇上那种人：总是迟到，却希望把马车赶得快一些来弥补他们的懈怠。

有一天，两个看起来野里野气的年轻人从出租马车站附近的一家酒馆里出来，叫住了杰瑞。

“这边，赶车人！眼睛放亮点儿，我们来不及了。加把劲儿，送我们去维多利亚车站，我们要赶一点钟的火车！给你加一先令。”

“先生们，我会按正常速度送你们，跑那么拼命可不是几个先令的事。”

拉里的出租马车就停在我们旁边。他一下子拉开车门，说：“先生们，你们该找我才对！坐我的车吧，我的马会把你们按时送到的。”他一边把他们关进车里，一边朝杰瑞瞥了一眼，说：“哪怕马车的速度只比慢跑快一点儿，都会违背他的良心。”他朝疲惫的马猛抽一鞭，老马便拼尽全力出发了。杰瑞拍了拍我的脖子，说：“我们不干，杰克，一先令可买不到那种事，对吧，老伙计？”

虽然杰瑞坚决反对为了讨吊儿郎当的人满意而拼命赶车，但他驾车的速度总是很公道，也并不反对加把劲儿赶路。正如他所说，只要他知道赶路的原因就好。

我清楚地记得一天早上，我们在站上等客人。一个扛着沉重行李箱的年轻人，踩到了人行道上的一块橘子皮，重重地摔倒在地。

杰瑞第一个跑过去把他扶起来。他似乎摔晕了，大家把他领进一家店铺，看他走路的样子好像非常痛苦。杰瑞当然是回到了车位上，但大约十分钟后，一个店员来叫他，我们便把车停靠在人行道上。

“您能送我到东南火车站吗？”年轻人说，“这倒霉的一跤恐怕要让我迟到了，但重要的是我不能误了十二点钟的火车。如果您能及时把我送到，我将不胜感激，很乐意多付给您车费。”

“我会尽我所能，”杰瑞由衷地说，“如果您觉得已经没事的话，先生。”他看上去脸色惨白，似乎很难受。

“我必须得走，”他恳切地说，“请把门打开，我们就别耽误时间了。”

杰瑞即刻上了马车，他愉快地冲我啧啧一叫，把缰绳一拉，我就全懂了。

“那么现在，杰克，我的孩子，”他说，“运足马力，让他们看看我们怎么飞起来，只要我们知道原因就行。”

大白天，在车水马龙的城市街道上赶快车总是很困难的，但我们还是尽全力而为。一名好的赶车人和一匹好马相互理解、同心协力时，就可能创造奇迹。我的嘴巴很好，就是说，只要缰绳轻轻一碰，就能引导我；在这私人马车、公共马车、运货马车、出租马车和大货车都以步行的速度慢腾腾地爬行的伦敦，这可是件了不起的事情。车辆有的朝这个方向，有的朝那个方向，有的走得很慢，有的总想超到前面去；公共马车每隔几分钟就会停下来载客，迫使后面的马要么停下来，要么超过他们走到前面；或许你试着要超过去，但就在这时，又有别的什么车辆趁机钻了空子，你只得继续跟在公共马车后面；没过一会儿，你觉得看到了机会并设法挤到了前面，结果两边都挨得很近，再有半英寸车轮就会相互剐蹭。好吧，总算走了一点儿，但很快就发现自己被困在一长串马车当中，大家都只能缓步而行；也许你走到一个经常堵车的路口，不得不一动不动地站上好几分钟，直到有车辆拐上一条小街腾出位置或者警察来干涉；你必须为任何一次机会做好准备——一有空隙就往前冲，要像一只㹴犬一样快，看好有没有地方，时间够不够，以免自己的车轮被卡住或撞坏，或被其他马车的车辕撞到你的胸部或肩膀。这些你都得做好准备。如果你想在大白天快速穿过伦敦，就需要足够多的经验。

杰瑞和我早就习以为常，只要我们开始行动，没人比得上我们。我机敏、胆子大，始终信任我的赶车人；杰瑞反应快，同时很有耐心，也信任他的马，这也是一件了不起的事。他很少用鞭子，我从他的吆喝声和“啧啧”声中知道他什么时候想加快步子；从缰绳的感觉中知道该往哪儿走，所以他根本用不着鞭子。不过现在，话说回来，我得讲我的故事了。

那天街上人非常多，但我们走得很顺利，一直来到了齐普赛街的尽头；那里有一个街区，要走三四分钟。年轻人把头伸出来，焦急地说：“我想我还是下车走过去吧，再这样下去，我永远也到不了。”

“我会想办法过去的，先生，”杰瑞说，“我认为还来得及。这种堵车时间不会很长，而且行李太重了，您拿不动，先生。”

就在这时，我们前面的马车开始动起来，我们顺利转过弯。我们钻来钻去，进进出出，完全放开速度跑。说来也怪，过伦敦桥时那感觉真爽，因为有一整串出租马车和四轮马车都和我们往一个方

向快跑，也许都是要赶那列火车的。总之，在还差八分钟大钟指针就指向十二点的时候，我们和许多其他马车一样，风一般地冲进了车站。

“谢天谢地！我们赶上了，”年轻人说，“也谢谢您，我的朋友，还有您的好马。您简直救了我的命，这是用钱买不来的。我再给您半英镑，请您收下。”

“不，先生，不用，谢谢您的好意，真高兴终于赶上了，先生。现在别待着了，先生，铃响了。嗨，搬运工！帮这位先生拿一下行李，多佛线十二点钟的火车，对，就那趟。”没等说完，杰瑞就拉着我转到一边，给其他在最后一刻冲上来的出租马车让出地方——直到拥挤的马车过去。

“太高兴了！”他说，“太高兴了！可怜的年轻人！不知道是什么事让他这么着急！”

杰瑞不时地自言自语，声音相当大，我们停着的时候我完全听得见。

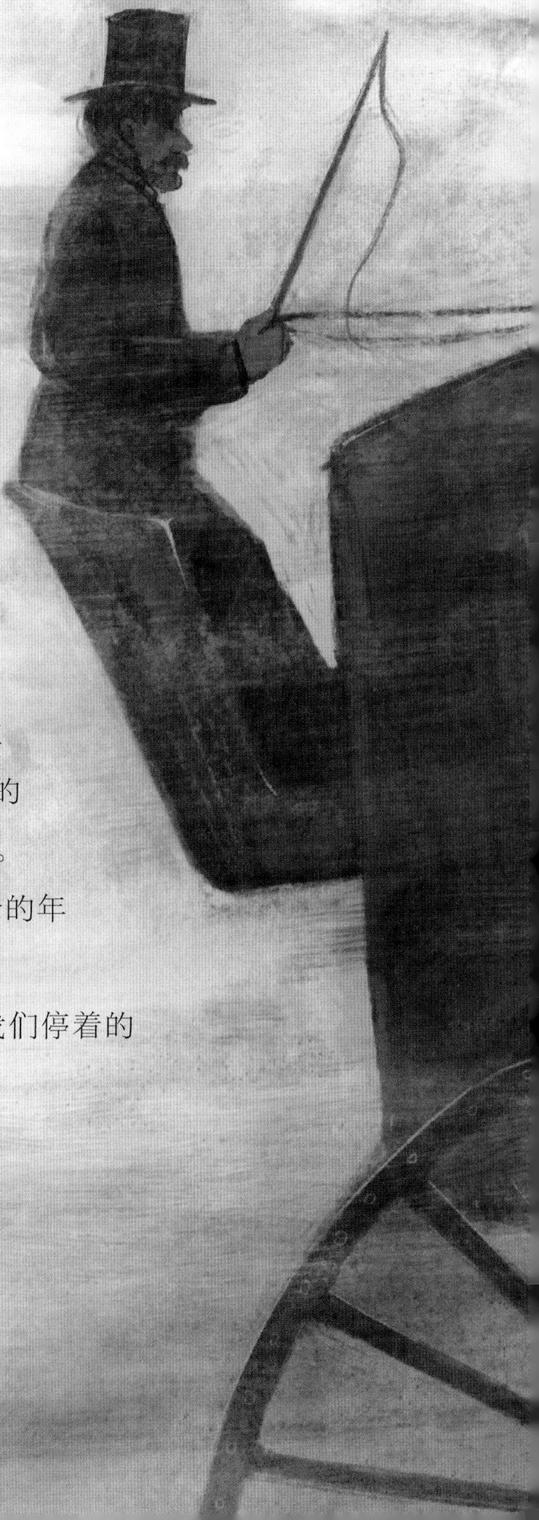

回到站上后，大家对杰瑞好一顿取笑，打趣说他为了额外的车费拼命赶那趟火车。正如他们所说，这完全违背了他的原则，他们想知道他口袋里有多少钱。

“比我平时得的要多得多，”他狡黠地点点头，说，“他给我的够我过好几天的舒坦日子了。”

“就胡说吧！”一个人说。

“他就是个骗子，”另一个说，“对我们说说道道，转身就自己做同样的事。”

“听着，伙计们，”杰瑞说，“那位先生要多给半个英镑，但我没拿，看他赶上那班火车那么高兴，对我来说就值了；再说，杰克和我选择时不时来个快跑，让自己高兴高兴，那是我们的事，你们管不着。”

“好吧，”拉里说，“你永远成不了有钱人。”

“很可能吧，”杰瑞说，“但我不觉得我会因此少一点儿快乐。”

“如果你真的发达了，”格兰特理事越过他的肩膀，望着他马车的顶篷，说，“那是你应得的，杰瑞，你会发现你的财富不会带来诅咒。至于你，拉里，你会穷死的，你花在鞭子上的钱太多了。”

“好吧，”拉里说，“如果马没了马鞭就不走，我能怎么着？”

“你从来不费心试试不用鞭子他会不会走。你的鞭子永远挥个不停，你的手臂就好像在跳圣维特舞一样；即便你自己没累坏，你的马也被累垮了。你知道你为什么总是在换马吗？因为你从来不平心静气，也不给他们鼓励。”

“好吧，我运气不好，”拉里说，“这就是问题所在。”

“你永远不会有好运气。”理事说，“好运气相当挑剔，更喜欢那些有常识和善心的人，至少我的经验是这样。”

格兰特理事又转过身去看他的报纸，其他人也走向各自的马车。

36 星期天的出租马车

一天早晨，杰瑞刚把我放进车辕，挽缰绳时，一位绅士走进了院子。“愿为您效劳，先生。”杰瑞说。

“早上好，巴克先生，”那位绅士说，“我很希望能跟您约定一件事情，请您定期在周日上午送布里格斯太太去教堂。我们现在去的是新教堂，她走不了那么远。”

“谢谢您，先生，”杰瑞说，“但我只办了‘六天执照[1]’，所以星期天不能载客，那样做是违法的。”

那人说：“哦！我不知道您办的是‘六天执照’。当然，要换执

1. 六天执照：19 世纪，在英国驾驶出租马车需根据天数需求办理执照，并缴纳一定的年费。后来年费下调，六天执照和七天执照在费用上也就没有差别了。(作者注)

照也容易，我保证您不会受什么损失。实际上，布里格斯太太非常喜欢坐您的车。”

“我很乐意为夫人效劳，先生。不过，我以前有过‘七天执照’，那对我来说太辛苦了，我的马也吃不消。一年年的，没有一天休息，没有一个星期天能和妻子、孩子们在一起，我也从来没机会去做礼拜。可在我干上这一行之前，我是一直去做礼拜的。因此，在过去五年里，我只办了‘六天执照’，而且发觉跑下来还不错。”

“那是肯定的，”布里格斯先生回答，“每个人都应该休息，星期天就可以去教堂，这是很应该的。但我本以为您不会介意，这么短的距离对马来说也不费事，而且一天就这一趟，整个下午和晚上都是您自己的，我们是很好的客人，您知道。”

“是的，先生，确实如此，我对您所有的好意都非常感激，真的。只要能为您或夫人效劳，我都会感到自豪和高兴，但我不能舍弃我的星期天，先生，真的不行。我从书中读到上帝创造了人，创造了马和其他所有的牲畜，上帝一造好他们就定了一天休息日，命令大家七天中休息一天。我想，先生，上帝一定知道什么对他们好，我相信这对我也有利。现在我有了一天休息，人变得更强壮、更健康了，马也很精神，不会那么快就疲惫不堪。跑六天的赶车人也都这么说，现在我存进银行的钱比以往任何时候都多。至于妻子和孩子们，先生，怎么说呢，他们不愿我再回到那种赶七天路的日子，他们心里都明白。”

“哦，好吧，”这位先生说，“您不用为难自己了，巴克先生，我会去别的地方问问。”说完，他就走了。

“好了，”杰瑞对我说，“杰克，没办法，我们得过星期天。”

“波莉！”他喊道，“波莉！你过来。”

她马上就到了。

“刚才是怎么回事，杰瑞？”

“是这样，亲爱的，布里格斯先生要我每星期天早上送布里格斯太太去教堂。我说我只有‘六天执照’。他说，‘你去弄个“七天执照”，我不会让你觉得不值的。’波莉你知道，他们是好主顾。布里格斯太太经常在外面买上几个小时的东西，或者去拜访朋友，她付起钱来公道又体面，真是位高贵的女士，不会像有些人那样把三个小时折成两个半小时。而且这对马来说算是轻松的活计，不像那些得狂奔着去赶火车的活儿，那些人总是晚一刻钟。如果我不答应这事，很可能会完全失去他们。你怎么想，我的好夫人？”

“要我说，杰瑞，”她一字一句地说，“就算布里格斯太太每个星期天早上都给你一英镑金币，我也不愿你再赶七天的车。我们已经知道没有星期天是什么滋味，现在我们也知道拥有属于自己的星期天是什么滋味。感谢上帝，你挣的钱够我们生活，虽然有时为了支付燕麦、干草、执照的费用和房租，工作要密集一些，但哈里很快就能挣到钱了。我宁愿比眼下过得更拮据一点儿，也不愿再回到过去那种可怕的日子。那时你几乎没有一分钟时间可以看看自己的孩子，我们也永远不能一起去做礼拜，或度过宁静、快乐的一天。上帝不允许我们回到那样的日子，这就是我要说的，杰瑞。”

“我就是这么跟布里格斯先生说的，亲爱的，”杰瑞说，“我也打算一直坚持。所以，就别让自己烦恼了，波莉，就算能挣两倍的钱，我也不愿再回到过去，就这么定了，我的好夫人。现在，高兴起来吧，我也要去站上了。”

那次谈话之后，三个星期过去了，布里格斯太太一次也没叫过我们的车。因此，除了接站上的活儿之外，没任何别的差事。杰瑞对此耿耿于怀，不用说，不管对马还是对人，工作都更辛苦了。但波莉一直给他打气，说：“没关系，亲爱的，别往心里去。

“‘尽自己所能，
剩下的别在意，
一切会好起来，
那是早晚的事。’”

很快，人们就知道杰瑞失去了他最好的顾客。多数人都说他是个傻瓜，但也有两三个人站在他这边。

杜鲁门说：“如果工人们不坚守自己的星期天，他们很快就没星期天了。这是每个人的权利，也是每匹牲口的权利。按照上帝的规定，我们有一天休息；按照英国的法律，我们也有一天休息；我说，我们应该捍卫这些法律赋予我们的权利，并为我们的子孙后代保留这种权利。”

“你们这些信教的家伙说得倒是挺好，”拉里说，“但我能赚一先令就赚一先令。我不信教，因为我看不出你们信教的人比其他人好多少。”

“假如信教的人没有更好，”杰瑞说，“那是因为他们不够虔诚。你也不能因为有些人违反了法律，就说我们国家的法律不好。如果一个人放纵自己的脾气，对邻居恶语相向，不偿还所欠的债，那他就是不虔诚——不管他去多少次教堂。”

琼斯说：“要是信仰真有那么好的话，它就该阻止你们这些信教的人，让我们在星期天工作。”

几个人为此拍手叫好，直到杰瑞说：“难道你不明白，如果你总是坐在车座上等客人，他们就会说，‘就算我们不叫他，别人也会叫，他又不指望什么星期天。’当然，他们不会去刨根问底，要不然他们就会明白，只要他们从来不叫车，你就根本不会站在那儿。但人们并不总是喜欢刨根问底，想必这么做也并不省事。可假如你们这些星期天出车的人都罢工休息一天，没准儿事情就成了。”

拉里说：“如果所有好人去不了他们最喜欢的传教士那里，又该怎么办？”

杰瑞说：“我没有资格为别人制订计划，但如果他们去不了那么远，可以去近一点儿的地方；如果天下雨，他们可以像平日一样穿上雨衣。如果一件事是对的，就去做；如果是错的，就不做。一个好人总会有他的办法，这对赶车人和信徒来说都一样。”

37 黄金法则

两三个星期后的一个傍晚，我们刚走进院子，波莉提着灯（只要不下雨，她总是为他提灯）跑过马路。

“一切又回到正轨了，杰瑞，今天下午布里格斯太太打发仆人来请你明天十一点带她出去。我说：‘好的，我想没问题，我们还以为她现在雇了别人。’

“‘咳，’他说，‘实际情况是，主人被惹烦了。因为巴克先生拒绝在星期天赶车，他一直在试用其他出租马车，但都有问题。有的赶得太快，有的太慢，而且女主人说没有一辆像您的这么好、这么干净，除了巴克先生的马车，没有能称她心的。’”

波莉几乎是一口气说完，杰瑞则开心地大笑起来。

“‘一切会好起来，那是早晚的事’，你是对的，亲爱的，你总是对的。快去准备晚饭吧，我马上把杰克的马具卸下来，让他也舒服舒服，高兴高兴。”

从那以后，布里格斯太太像以前一样经常用杰瑞的出租马车，不过，从来没有在星期天叫过。可是有一次，我们在星期天也要工作。事情的起因是这样的，星期六晚上，我们回到家都很累了，想着第二天就可以休息，心里很高兴，但事实并非如此。

星期天早上，杰瑞正在院子里给我擦洗，这时波莉走到他跟前，一副心事重重的模样。

“怎么了？”杰瑞问道。

“哎呀，亲爱的，”她说，“可怜的黛娜·布朗刚刚收到一封信，说她母亲病得很重，如果她想见她母亲最后一面，就必须马上回去。那地方离这儿有十多英里，还是在乡下。她说如果乘火车，还得走四英里路。她那么虚弱，孩子又只有四个星期大，走那么远当然不可能。她想知道你是否愿意用出租马车送她过去，她保证按数付给你车费，只要她拿到钱。”

“啧，啧！我们考虑考虑再说。我想的不是钱，而是我们的星期天就没了。马很累，我也累了——这才是最紧要的。”

“说到这个，我也相当为难，”波莉说，“没有你的星期天就只能算半个星期天。但你知道，我们应该设身处地帮别人一下。我很清楚，要是我母亲快不行了，我希望别人怎么对我们。杰瑞，亲爱的，我相信这不会破坏安息日，因为，如果把一头可怜的牲畜或驴子从坑里拉出来不会破坏安息日的话，我很肯定送一下可怜的黛娜也不会。”

“啊，波莉，你简直跟牧师一样善良！那么，反正我今天一大早就听完了星期天布道，你去跟黛娜说，我会为她准备好，十点钟敲响就出发，不过等一下——你绕道去问候一下屠夫布雷顿，看他愿不愿把他的双轮轻便马车借给我，我知道他星期天从来不用，这对马来说可是大不一样。”

她走了，很快就回来说借到车了，对方很热情。

“那就好，”他说，“你给我准备点儿面包和奶酪，我尽量下午回来。”

“我把晚餐要吃的肉馅饼提前准备好当茶点吧。”波莉说完就走了。他也一边做着准备，一边哼着“波莉从来不犯错”，他非常喜欢哼唱这个。

主人最终选我跑这一趟。十点钟，我拉着一辆很轻的高架双轮马车出发了，这辆车跑起来非常轻松，跟四轮出租马车比起来，简直跟没拉东西一样。

时值五月，天气晴朗。我们一出城，甜美的空气、新鲜的青草味和柔软的乡间小路就像过去一样令人心旷神怡，我很快感到神清气爽。

黛娜家住在绿色小路尽头的一座小农舍里，附近有一片草场，草地上绿树成荫，有两头牛在草地上吃草。一个年轻人请杰瑞把马车停到草场上，他要去把我拴在牛棚里；还说，希望他提供的地方还过得去。

杰瑞说：“如果您的牛不介意的话，我的马最喜欢的就是在您漂亮的草场上待上一两个小时，他很乖，这对他来说是一种难得的享受。”

“当然，非常欢迎，”年轻人说，“只要您觉得好就行，您对我姐姐这么好！一小时后我们要吃饭了，希望您也进来吃点儿，只是母亲病得很重，家里人心情都不太好。”

杰瑞婉言谢绝了，他说他随身带了吃的，最喜欢的莫过于在草地上走一走。

被卸下马具后，我简直不知道先做什么——是吃草？在地上打滚？还是躺下休息？抑或是因为获得自由而精神百倍地在草场上撒欢？我挨个儿做了一遍！杰瑞似乎和我一样快乐，他坐在斜坡边的树荫下，一边听着鸟叫唱起歌来，一边读那本他非常喜欢的褐色小书[1]。他在草地上转来转去，走到一条小溪边摘了些花朵和山楂，用长长的常春藤把它们捆在一起。之后，他拿出带来的燕麦喂我饱餐了一顿。然而，时间太过短暂，自从把可怜的生姜留在伯爵府后，我就再也没到过牧场了。

我们不紧不慢地回到家，一进院子，杰瑞说的第一句话就是：“我说，波莉，我的星期天到底没有白过，鸟儿在每一片灌木丛中唱着赞美诗，我也加入了它们的行列；至于杰克，他就像一匹年轻的小马驹。”

他把花递给多丽时，小多丽高兴得跳了起来。

---

1. 褐色小书：此处指《圣经》。

38　多丽和一位真正的绅士

冬天早早到来，天又冷又湿。几个星期以来，差不多每天都有雨雪，只有刮大风或落霜时才会有变化。马匹们都非常难受。干冷的日子，几块厚毯子就可以让我们保暖，但在雨水浸泡的天气里，毯子很快就会湿透，起不到任何作用。有些赶车人有防水罩可以套在上面，会好很多。但有些人很穷，既不能保护自己，也保护不好他们的马，在这个冬天吃了不少苦头。我们马工作半天后就可以到干燥的马厩里休息，而他们只能坐在驾车座上，如果有聚会要等人，就得在外面待到凌晨一两点。

街道因为霜雪变得容易打滑时，对我们马来说是最糟糕的。一英里的路程，马匹要负重前行，脚下又没有稳固的立脚点，这比在好路上走四英里还要耗费体力，我们身体的每一根神经、每一块肌肉都在紧张地保持平衡；此外，害怕摔倒比任何别的事情更让人精疲力竭。如果道路实在太糟糕，蹄铁上就要装防滑钉，但光装这钉子就让我们感到紧张。

天气太坏的时候，很多赶车人都会去附近的小酒馆坐坐，找人帮他们看着马。但这样一来，他们经常会错失生意，而且如杰瑞所说，去酒馆不花钱是不可能的。杰瑞从来不去“旭日酒馆”，附近有一家咖啡店，他偶尔会去那里；或者跟一个老人买东西，老人会把热咖啡和馅饼送到我们的车队里。在杰瑞看来，喝完烈酒和啤酒人会更冷，而干衣服、美味的食物、愉悦的心情以及家中体贴的妻子，才是让一个赶车人保持温暖最好的东西。回不了家的时候，波莉总会给他送一些吃的。有时他会看到小多丽在街角探头探脑，看父亲是否在站上。只要看见他，小多丽就会飞快地跑开，很快拿着罐子或篮子回来，里面有波莉准备好的热汤或布丁。这么一个小人儿竟然能安全地穿过经常挤满马匹和车辆的街道，真是不可思议。但她是个勇敢的小姑娘，觉得能送上杰瑞常说的“父亲的第一道菜”是一种很大的荣耀。她在站上很受欢迎，如果杰瑞顾不上，大家都愿意把她安全地送到街对面。

一个寒风凛冽的日子，多丽给杰瑞端来一盆热乎乎的饭菜，站在他身边看着他吃。还没吃几口，一位绅士撑着雨伞快步向我们走来。杰瑞手摸帽子行了个礼，把饭盆交给多丽，正要拿掉我身上的盖布，那位先生急忙走上前来，喊道：“不急，不急，把饭吃完，我的朋友，我的时间是有些紧，但可以等你吃完，再把你的小女孩安全地送到人行道上。”说着，他便自己坐进了车厢。杰瑞和善地向他道谢，回到了多丽身边。

“你瞧，多丽，那是一位绅士，一位真正的绅士，多丽，他肯让出时间为一个穷赶车人和一个小女孩着想。”

杰瑞喝完汤，把孩子送到对面，然后受派往克拉彭高地赶去。那次之后，那位先生又多次搭乘我们的出租马车。我觉得他很喜欢狗和马，每次我们送他到家门口，都会有两三只狗跳出来迎接他。有时他走过来拍拍我，用他那平静而愉快的方式说：“这匹马有个好主人，他配得上。”顾客能注意到那匹一直为他干活的马，是非常少见的事情。我知道女士们偶尔会这样做，这位先生和其他一两个人也拍过我，跟我说过亲切的话。但一百个人中有九十九个人宁愿去拍拉火车的蒸汽机，也不会想到去拍一匹马。

这位先生并不年轻，肩膀有点儿向前弓着，好像总是赶着做什么事情；他的嘴唇很薄，时常紧闭着，但带着一种非常和善的微笑；他目光敏锐，下巴和头部的动作让人觉得他做任何事情都非常坚定；他的声音愉快又亲切，值得任何一匹马的信任，而他身上的任何东西都是这般坚决果断。

有一天，他和另一位绅士乘坐我们的出租马车。他们在R街的一家店铺前停下，他朋友进去时，他则站在门口。在我们前面不远处——街道另一侧，一辆由两匹非常漂亮的马拉着的马车，停在几

间酒窖前，赶车人不在他们身边。我也不知道他们站了多久，但他们似乎觉得已经等得够久了，慢慢开步往前走。还没走几步，赶车人跑出来抓住了他们。他对两匹马擅自行动似乎非常生气，用鞭子和缰绳野蛮地惩罚他们，甚至抽打他们的脑袋。我们的先生看到了这一切，快步走到街对面，用一种坚定的口吻说："要是你不马上住手，我就让人以丢下马匹和行为残暴为罪名逮捕你。"

那人显然是喝了酒，嘴里骂骂咧咧倒着脏话，但他没再劈头盖脸地抽打马匹，而是牵着缰绳上了他的马车。与此同时，我们的朋友悄悄地从口袋里掏出一个记事本，看着漆在马车上的名字和地址，写下了一些东西。

"你记那个要干什么？"赶车人咆哮着，把鞭子啪地一甩，车便动了起来，身后回应他的只有一个点头和一丝冷笑。

我们的朋友回到车上后，那位同伴也上来了，他笑着说："我本来想着，你自己要料理的事情已经够多了，赖特，用不着为别人的马匹和下人操心。"

我们的朋友静静地坐了一会儿，把头微微后仰，说："你知道为什么这个世界这么糟糕？"

"不知道。"另一位说。

“那我来告诉你，就是因为人们只考虑自己的事，不愿费心为被迫害者挺身而出，或者把犯错者揭发出来。我看到这样的恶行从来不会袖手旁观，许多马的主人都感谢我让他们知道了自己的马是怎么被使唤的。”

“真希望像您这样的绅士再多一些，先生，”杰瑞说，“这个城市太缺少这样的人了。”

之后，我们继续赶路。下车时，我们的朋友说：“我的原则是，假如看到残忍或错误行为，我们有能力制止却什么都不做，那自己便也成了帮凶。”

39　潦倒的山姆

我应该说，作为一匹拉出租马车的马，我的生活的确很好。赶车人就是我的主人，他善待我，不让我过度劳累，这也关乎着他的利益。可有很多马是属于大出租马车主的，他们把马出租给赶车人，每天收一大笔钱。因为不是自己的马，这些赶车人唯一想的就是如何从马匹身上捞钱，首先是付给车主的钱，然后是养活自己的钱，其中一些马的日子过得很是糟糕。当然，我了解得不多，但经常有人在站上谈论这个问题。那位理事是一个好心肠的人，他自己喜欢马，看到哪匹马回站时过于疲惫或受了虐待，有时也会开口说几句。

有一天，一个衣着破旧、样子惨兮兮的赶车人——大家叫他“潦倒的山姆”，把他的马牵了进来，那

匹马看着快累垮了，理事说：“你和你的马看起来更适合去警察局，而不是在车队待着。”

那人把他的破毯子甩到马背上，转过身来看着理事，用近乎绝望的声音说：“如果警察要管这事，那也该去管那些向我们收高额费用的车主，或者管管那些把车费定得这么低的人。为使用一辆出租车和两匹马，我每天要付十八个先令。这个季节我们好多人只能这样，在自己挣到一分钱之前，必须先把这笔钱挣出来。我说，这可不是辛苦不辛苦的事，在你开始挣自己的生活费之前，每天要先从每匹马身上挣出九先令。你知道，如果马不好好干，我们就真得挨饿，我和孩子们早就尝过那滋味。我有六个孩子，只有一个能挣点儿钱，我每天要在站上干十四到十六个小时，这十个还是十二个星期里，我没拥有过一个星期天。你知道，斯金纳一天都不耽误，只要能拿钱。如果我不拼命干，告诉我还有谁干！我想有一件暖和的大衣和胶布雨衣，但有这么多人要养活，我一个人挣的怎么够？一个星期前，为了给斯金纳交车马费，我不得不抵押了我的挂钟，我想我再也见不着它了。”

其他几个赶车人围在一边直点头，说他说得对。那人继续说：“你们有自己的马跟车，或者为好主人驾车，日子就不会无

以为继，有机会做正确的事，而我没有。方圆四英里范围内，起初的一英里之后，每英里收费不能超过六便士。就在今天早上，我不得不跑整整六英里，却只拿到三先令。回程没拉到人，我只好空车回来；马跑了十二英里，我挣了三先令。之后，我又挣了三英

里的车费，那一趟有很多的包和箱子。如果这些放在车厢外面的话，足足能多挣两先令，但你们知道人们是怎么做的，只要能码在前座上的东西都塞了进去，最后三个很重的箱子放在了顶上——那才六便士，而车费是一个半先令，

回程又挣了一先令。到现在这匹马跑了十八英里，一共挣了六个先令。这匹马还得挣三先令，下午那匹马还得挣九先令，在那之前我一个子儿也不能动。当然情况也并非一直那么坏，但你知道通常是这样的。我说，跟赶车人说别让马过度劳累简直是个笑话，因为当一匹马确实累了后，除了鞭子没有什么能让他的腿继续跑起来，你由不得自己，得先考虑你的妻子和孩子。车主才该去考虑马的事情，我们没办法。我不会没来由地虐待我的马，你们谁也不能那么说我。问题出在哪儿了？没有一天休息，没有一个小时能轻松地跟妻子和孩子们相处！我时常觉得自己像个老人，尽管我才四十五岁。你知道有些贵族们那么急切地质疑我们多收了钱，说我们骗了他们，他们手拿钱包站在那里，一个子儿一个子儿地数着，看我们那眼神就好像我们是扒手似的，为啥呀！我真希望他们中的一些人能像我一样，每天在驾车位上坐上十六个小时，从中赚取生活费外还要上交十八个先令，无论刮风下雨都是如此。这样，他们就不会抠得那么出奇，从不多给我们一个子儿，或把所有行李都塞进车厢里。当然，他们中有些人倒是出手大方，时不时给我们不少小费，否则我们就没法过活，但你也不能指望那个。”

站在周围的人都很赞同这番话，其中一个人说：“那真是太难了，如果一个人偶尔做了错事也难怪，要是他做得过分了些，难不成要把他炸死吗？”

杰瑞没有参与这次谈话，但我从没见过他的表情那么悲伤。理事一直双手插兜站着，此时他从帽子里拿出手帕擦了擦额头。

“你让我无话可说，山姆，”他说，“因为这都是真的，我不会再向你提警察的事了，是那匹马的眼神让我突然那么想。这是人的不幸，也是马的不幸，我不知道该由谁来弥补。不过，无论如何，你可以告诉这匹可怜的牲口，你很抱歉用这种方式榨取他的生命。有时候我们只能跟他们说一句好话，可怜的马儿，他们能理解的东西其实是很惊人的。”

几天后的一个早晨，一个陌生的男人驾着山姆的出租马车来到了站上。

“嗨！”一个人说，“山姆怎么没来？”

“他病在床上，”那人说，“昨晚在院子里被人抬回来的，连爬回家的力气都没了。他妻子今早打发一个男孩来说，他父亲发高烧，出不了车，所以我来替他一下。”

第二天早上，来的还是那个人。“山姆怎么样了？”理事问道。

“他走了。”那人说。

“什么，走了？你不会是说他死了吧？”

“就是咽气了，”那人说，“他今天凌晨四点走的。昨天一整天都在说胡说——说斯金纳，说没有星期天。‘我星期天从来没休息过’，这是他说的最后一句话。”

一时间谁也没出声，而后理事说：“我告诉你们，伙计们，这对我们可是一个警告。”

40 可怜的生姜

一天，我们和许多别的出租马车在一个演奏音乐的公园外等候着，一辆破旧的出租马车走到了我们旁边。那是一匹憔悴不堪的栗色老马，毛色很差，瘦得皮包骨，膝盖弯曲着，前腿摇摇晃晃。我正在吃干草，风把一绺干草卷到了那边，这匹可怜的老马伸出瘦长的脖子把干草叼了起来，转头看看还有没有。我不禁注意到她呆滞的眼睛里有一种绝望的神情，就在我想着在什么地方见过这匹马的时候，她瞪大眼睛看着我，说："黑美人，是你吗？"

原来是生姜！可变化太大了！曾经那弧线优美、毛色光亮的脖颈现在变得僵直、细瘦，往下耷拉着；挺拔利落的腿和精致的脚踝如今肿胀不堪，关节因辛苦劳累都变了形；曾经那充满精神和活力的脸上现在写满了痛苦，从她身体两侧的起伏和频繁的咳嗽里，就知道她的呼吸道有多糟。

赶车人一起在不远处站着，于是我悄悄侧身靠近她一两步，这样我们就可以安静地说会儿话。她要说的是一个悲伤的故事。

在伯爵府休养了十二个月后，他们认为她又能干活了，便把她卖给了一个绅士。有一段时间她状况还不错，但在一次比往常更长时间的奔跑之后，旧伤复发了，经过休息和治疗，她又被卖掉。就这样被转了好几次手，境况越来越差。

“结果，”她说，“最后买我的这位，他有很多车和马匹，都用来出租。你看起来过得不错，真为你高兴，但我过的日子都没法跟你讲。每当有人发现我的缺点，他们就说租我租得不值，我就该拉一辆低等的马车，耗死了了事！他们就是这样做的，抽鞭子，赚钱，从来没一个人考虑过我的痛苦——他们说，为我付了钱，就得从我身上挣出来。现在租用我的这位，每天都要给老板一大笔钱，所以他也得从我身上捞钱，就这样日复一日，一星期又一星期，从来没一天休息。”

我说：“过去你受到虐待，都会为自己挺身反抗的。”

“唉！”她说，“我反抗过，但没用，人是最强悍的，如果他们残酷无情，我们做什么都没用，只能忍受——一忍再忍，直到最后。我希望末日到来，希望我已经死了。我见过死去的马，我确信他们不会感到痛苦。我希望可以在工作中倒地而死，而不是被送去宰杀。”

我的内心五味杂陈，只是把鼻子凑到她鼻子跟前，一句安慰的话也说不出来。我想她很高兴见到了我，因为她说:“你是我这一生唯一的朋友。”

就在这时，她的赶车人走了过来，拽了一下她嘴边的缰绳，把她拉出了队列，赶着车离开了，剩下我在那里，伤感至极!

之后不久，一辆载有一匹死马的马车经过我们的车站。马头垂在车尾外面，血从没有生气的舌头上慢慢滴下来，还有那双深陷的眼睛，但我没法描述，那景象太可怕了。那是一匹栗色马，脖子又瘦又长。我看见她额头上有一道白色，相信那就是生姜，我希望是她，那样她的苦难就结束了。哦!假如人们再仁慈一点儿，就该在我们走到这样悲惨的境地之前一枪送我们上路。

41 肉店老板

在伦敦，我见识到了马儿遭受的各式各样的苦痛，如果人们稍有点儿常识，很多都是可以避免的。我们马不介意工作辛苦一点儿，只要待我们还过得去。我相信，比起我以前拉伯爵夫人的马车——配着银饰马具、吃着高档的饲料，那些被穷人赶着的马过的日子更幸福。

看到小马们被那样使唤，载着沉重的物品吃力地前行，或者在一些恶劣、残忍男孩的重击下踉踉跄跄，我常常感到心痛。有一次，我看到一匹长着浓密的鬃毛和一颗漂亮的脑袋的灰色小马，样子非常像欢腿儿，要不是套着马具，我真想对着他嘶叫一声。他正竭尽全力地拉着一辆沉重的大马车，一个强壮粗鲁的男孩正用鞭子抽他的肚子，凶狠地用嚼子卡他的小嘴。会是欢腿儿吗？看上去和欢腿儿一模一样。不过按说，布洛姆菲尔德先生绝不会卖掉他，我想他不会那么做。要说，这个小家伙可能同样优秀，没准儿年轻时也有个快乐的家。

我经常注意到肉店的马跑得非常快，但我不知道为什么会这样，直到有一天，我们不得不在圣约翰伍德待上一段时间。隔壁有一家肉店，我们站着的时候，一辆肉店的马车疾速冲了过来。那匹马又热又疲惫，低垂着头；从他剧烈起伏的肚子和颤抖的腿脚，看得出他被赶得有多狠。驾车的男孩跳下车，正准备拿篮子，主人很不高兴地从店里走了出来。他看了看马，生气地转向男孩说道：“我告诉你多少次了，不要这么赶车！上一匹马被你毁了，喘得不行了，再这么下去你还会毁掉这一匹。如果你不是我的亲儿子，我现在就把你打发了。把马累成这个样子赶到店里来，简直丢人现眼！你这么赶车很可能会被警察带走。要是你被抓了，也别指望我保释，因为我已经跟你说烦了，你必须为你自己着想。”

老板说这番话时，男孩一直绷着脸，不服气地站在一旁，但他父亲一说完，他就愤然爆发了。这不是他的错，他不愿承担这个责任，他一直只是奉命行事。

“你总是说，‘速度放快，眼睛放亮点儿！’当我一家一家地上门，这家要一条羊腿做午餐，我必须在一刻钟内送到；那家的厨师忘了订牛肉，我得去取了马上回来，否则女主人会骂；另一家的女管家说突然来了客人，要立刻送些肉排过去；新月街 4 号的女士总是

等到午餐用的肉送来了才订晚餐。一天到晚除了忙，还是忙。如果那些老爷太太们能想想自己要什么，在前一天把肉预订好，你也就用不着这么大发雷霆了！”

“我真希望他们会这么做，”老板说，“那我要省去多少麻烦！而且假如我事先知道，我就能更好地满足我的顾客了。不过，说这些又有什么用？谁会去想着方便一家肉店或一匹肉店的马呢？行了，把马牵进去，好好照顾他。听着，他今天不能再出去了，如果还有人要什么，你得自己用篮子拿过去。”说着，他便进了肉店，马也被男孩牵走了。

但也不是所有的男孩都残忍。我见过一些男孩爱护他们的小马或驴子，就跟爱惜自己的小狗一般，而这些小牲口也像我为杰瑞干活儿一样，高高兴兴、心甘情愿地为他们的小主人出力。有时工作可能很辛苦，但朋友亲切的爱抚和声音会让他们感觉轻松一点儿。

有一个年轻的小贩，拉着蔬菜和土豆来到我们街上，他赶着一匹上了年纪的小矮马，样子不是很英俊，但却是我见过的最欢快、最勇敢的小家伙。看见他们俩彼此那么喜欢，真是让人愉快。那匹马像小狗一样听主人的话，套进马车后，不用鞭子和吆喝，就快步出发了。他在街上哒哒哒地欢快地跑着，就像是从女王的马厩里出来的。

杰瑞很喜欢这个孩子，称他为“查理王子”，因为他说有一天他会成为赶车人之王。

还有一位老人，也经常赶着一辆小煤车来我们这条街。他戴着一顶运煤工人的帽子，人显得黧黑又粗糙。他和他的老马经常一起慢腾腾地走在街上，就像两个互相理解的好伙伴。那马会自动停在要取煤的人的家门口，他经常把一只耳朵弯向主人。老人还没走过来，吆喝声就已经在街上传开。我从来不知道他说的是什么，不过孩子们都叫他“老巴——胡——”，因为听起来就像是那样。波莉从他那里取煤，对他非常友好。杰瑞说，想到一匹老马在一个穷人家里能那么快乐，真是一种安慰。

42 选举

一天下午，我们正走进院子，波莉出来说：“杰瑞，B 先生来过这儿，打听你投票的情况。他想租用你的马车参加选举，说要再来听你的答复。”

“哎呀，波莉，你可以说我的出租马车有别的事要忙。我可不想车上糊满他们的大海报，至于让杰克和上尉跑去酒店接那些喝得半醉的选民——还是算了，我觉得那是对马的侮辱。不，我可不干那种事。”

“我猜你会投这位先生的票吧？他说他和你政见一致。”

“他在有些事情上是这样，但我不会投他的票，波莉，你知道他是做什么的吗？”

“知道呀。”

“一个靠这一行发财的人在某些方面也许很好，但他看不见工人们的需求。我不能昧着良心捧他上去制定法律。我敢说他们会生气的，但每个人都必须做他认为对国家最有利的事。”

选举前的那天早晨，杰瑞正把我套进马车，多丽哭哭啼啼地来到院子里，她的蓝色小上衣和白裙子上满是泥水。

“怎么了，多丽，怎么回事？”

“那些淘气的男孩们，”她抽泣着说，“把脏东西都扔到我身上，还叫我小——小破烂——”

“他们叫她‘蓝色小破烂’，爸爸，”跑进来的哈里一脸怒气地说，“不过我已经教训过他们了，他们不会再侮辱妹妹了。我把他们揍了一顿，他们会记住的，一帮懦弱卑鄙的‘橙色无赖鬼’。”

杰瑞亲了亲多丽说：“快去找妈妈，宝贝儿，跟她说我认为你今天最好待在家里帮她的忙。”

然后，杰瑞严肃地转向哈里说：“我的孩子，我希望你永远保护你的妹妹，谁敢欺负她，就好好揍他一顿，那是应该的。但是，你听着，在我这里不允许有任何的选举[1]攻击。有多少‘蓝色’攻击，就有多少‘橙色’攻击；有多少‘白色’攻击，就有多少‘紫色’攻击，或者任何对其他颜色的攻击。我可不想让我的任何

1. 选举：英国各政党都采用不同的颜色作为标志，以帮助他们在竞选中取得优势。这些强烈的政治颜色经常被用来代替政党名称。选举日这天，选民也会在衣着、旗帜、海报上标明所支持政党的颜色。

家人掺和这件事。甚至现在连女人和孩子也要为一种颜色而争吵，可知道那是怎么一回事的，十个人里一个都没有。”

“为什么，爸爸，我以为蓝色代表自由。”

“我的孩子，自由不是从颜色中得到的。颜色只代表党派，你能从颜色中获得的自由只是花别人的钱喝醉的自由，坐着又脏又旧的出租马车去投票的自由，侮辱任何跟你持不同颜色之人的自由，对一知半解的事情声嘶力竭地叫嚷的自由，那就是你的自由！”

“哦，爸爸，别开玩笑了。”

“不，哈里，我是认真的，看到那些稀里糊涂的人继续这样，我感到羞愧。选举是一件非常严肃的事情，至少应该如此，每个人都要凭良心投票，并让他的邻居也这样做。”

43　一个需要帮助的朋友

选举日终于到了，杰瑞和我忙得不可开交。先是来了一位拎着地毯包、矮矮胖胖的绅士，他想去主教门车站；随后被一伙人叫住，希望拉他们去摄政公园；接着在一条窄街上被一位胆怯焦急的老太太拦下，她正等着有人带她去银行；到了那里，我们不得不停下来，准备再把她带回去；刚把她放下来，一位红脸的绅士拿着一沓文件，气喘吁吁地跑了过来，还没等杰瑞下来，他就自己打开车门钻了进去，大声喊道："鲍街警察局，快！"于是，我们就拉着他开跑，又跑了一两趟。回来时，站上已经没有其他出租马车了。杰瑞给我脖子上挂上了粮袋，因为就像他说的："在这样的日子里，我们必须能吃就吃。所以大口大口地嚼吧，杰克，抓紧时间，老伙计。"

我发现我吃到了加了少量麸皮的碎燕麦，这在任何日子都是难得的美味，只是此时让我非常提神。杰瑞真是体贴又善良，有哪匹马不想为这样的主人尽心尽力呢？然后，他拿出波莉准备的肉馅饼，站在我旁边吃起来。街上人山人海，标着候选人各自代表的颜色的出租马车在人群中穿梭，好像生命和安危都无关紧要。那天我们看到两个人被撞倒，其中一个是女人。马匹们可真够倒霉的，可怜的家伙！但是，里面的选民们对此毫不在意。他们中许多人都喝得半醉，每当有自己的政党路过，他们就透过车窗大声叫喊。这是我第一次见识到选举，而我不想再经历第二次，虽然我听说现在情况好多了。

杰瑞和我还没吃几口，就见一个可怜的年轻女人抱着一个孩子从街上走来。她东张西望着，一副不知所措的样子。此时，她走到杰瑞面前，问他能否告诉她去圣托马斯医院的路，以及到那里有多远。她说她是那天早上从乡下赶来的，搭了一辆集市上的马车。她不知道选举的事，对伦敦也很陌生。她接到了医院为她的小男孩看病的安排。那孩子一直哭着，声音凄惨又虚弱。

“可怜的小家伙！”她说，“他受了很多罪，都四岁了，还跟个婴儿一样不会走路。不过医生说，如果我能把他送进医院，他兴许能好起来。请问先生，医院有多远，走哪条路？”

“哎呀，女士，”杰瑞说，“路上这么挤，你走着去是到不了的，离这儿有三英里呢，而且孩子也重。”

“是啊，他确实不轻；不过，托上帝的福，我很有力气，只要我知道路，我想应该能走过去。请您告诉我走哪条路吧。”

“可不能走着去，”杰瑞说，“你可能会被撞倒，孩子也可能被车辗着。就听我的，上这辆出租马车，我送你们去医院。你没看见要下雨了吗？”

“不，先生，不行！我不能这么做，谢谢您，我身上的钱只够回去的路费。请您告诉我路就行了。”

“听我说，女士，”杰瑞说，“我家里也有妻子和心爱的孩子，作为一个父亲，我知道这种心情。你就上车吧，我免费拉你们过去。让一个女人和她生病的孩子冒这种险，我会为自己感到羞愧的。”

“上帝保佑您！”女人说着，顿时泪流满面。

“好了，好了，振作起来，亲爱的，我马上就带你过去。来，我带你们坐进去。”

杰瑞去开车门，这时两个帽子和扣眼上都涂着颜色的男人跑过来叫道：“出租马车！”

“有客人了，”杰瑞喊了一声。但其中一个男人推开女人跳进了马车，另一个也跟着进去了。杰瑞看上去像警察一样严厉，“先生们，这辆车已经有客人了，就是这位女士。”

“女士！”其中一个人说，“哦！她可以等一下，我们的事情非常重要，再说我们先上的车，这是我们的权利，我们可不下车。”

杰瑞把门关上，脸上露出一丝滑稽的笑容。“好吧，先生们，你们想待多久就待多久，我可以等，你们自己休息。”说完，背对着他们走到站在我旁边的年轻女人身边。“他们很快就走了，”他笑着说，“不用担心，亲爱的。”

很快他们就走了，当他们明白杰瑞在躲避，就下了车，骂着各种难听的话，叫嚣着要告杰瑞，让他等着收传票。这段小插曲后，我们很快往医院赶去，尽可能走小路。杰瑞摇响医院的门铃，然后扶这位年轻的女士下了车。

“真是太感谢您了，”她说，“不然，我一个人根本到不了这里。”

“不用谢，希望小宝贝很快就能好起来。”

杰瑞看着她从门口进去，轻声自言自语：“算是帮了一个可怜人一点儿忙。”他拍了拍我的脖子，每当什么事让他高兴，他总是会拍拍我。

此时雨越下越大。我们正要离开医院，大门又开了，看门人大喊一声：“出租马车！”我们停住脚，一位女士从台阶上走了下来，杰瑞似乎一眼就认出了她。她把面纱撩起来，说：“巴克！杰瑞·巴克，是你吗？很高兴在这儿遇上你，我正需要这样的朋友，今天伦敦这一带很难叫到出租马车。”

“很荣幸为您服务，夫人。我也高兴碰巧来到这里。请问要送您去哪儿，夫人？”

“到帕丁顿车站，然后，如果时间来得及——我想应该可以，你就跟我说说有关玛丽（即波莉）和孩子们的一切。”

我们按时到达车站，这位女士站在避雨处和杰瑞聊了好一会儿。我发现她曾是波莉的女主人。在问了好多波莉的事情后，她说：“你觉得冬天赶出租马车还适应吗？我知道去年玛丽很为你担心。”

“是的，夫人，她是很担心。我得了严重的咳嗽，一直到天暖的时候才好起来，每当我在外面待到很晚，她一个人就担心得不得了。您看，夫人，每天风里来雨里去的，对一个人的体质确实是个考验。不过我现在状况还不错，要是没有马要照看，我应该会觉得空落落的。我就是干这个长大的，别的行当恐怕也干不了这么好。”

“我说，巴克，”她说，“你要是拿自己的健康冒险去干这行，那真是太可惜了。你要为你自己，也为玛丽和孩子们想想。很多地方都缺好的赶车人或好马夫，什么时候你觉得应该放弃赶出租马车这份活计，请告诉我一声。”

她给玛丽捎带了几句好话，把一点儿东西塞到他手里说：“这是两个孩子的，每人五先令，玛丽会知道怎么花。”杰瑞向她道了谢，似乎很是高兴。我们出了车站，终于回到家，无论如何，我是累极了。

44　老上尉和他的接班者

我和上尉是非常好的朋友。他是一匹高贵的老马，也是很好的伙伴。我从没想过他也会不得已离开家，走下坡路。可世事难料，这一天还是来了。当时我不在场，但我听说了发生的一切。

他和杰瑞载着一伙人去伦敦桥火车站。回来的时候，在桥和纪念碑之间的某个地方，杰瑞看到一辆酿酒商的空货车迎面而来，拉车的是两匹很健壮的大马。赶车人挥着鞭子重重地抽打着马，货车很轻，他们跑得飞快，根本无法控制，而街上车水马龙。

一个年轻姑娘被货车撞倒并被碾了过去，紧接着，他们冲向我们的出租马车，两个车轮被撞掉，车也被掀翻在地。上尉被拽倒在地，车辕断裂成几块，有一块撞上了他的肚子。杰瑞也被甩了出去，但只受了点儿擦伤，谁都不知道他是怎么死里逃生的，他一直说那是个奇迹。可怜的上尉被扶起来时，伤得非常严重，全身被撞得到处是伤。杰瑞轻手轻脚地把他牵回了家，看到鲜血浸透了他的白色皮毛并从身体一侧和肩膀处滴落下来，真是令人心酸。后来，酿酒商被证实喝得很醉，被罚了款，还得向我们主人赔偿损失，但没有人向可怜的上尉赔偿损失。马医和杰瑞尽可能减轻他的痛苦，让他舒服一些。马车须修补，所以好几天我都没有出去，杰瑞也没挣一个子儿。这次事故后我们第一次去站上，理事走过来询问上尉的情况。

“他再也恢复不过来了，”杰瑞说，“起码我的活儿他不能干了，今天早上马医这么说的，说他可以做拉运货车之类的活计。这真是让我难过。拉运货车，可真是！我在伦敦附近看见过马落到干那种活的情形，我真希望把所有的酒鬼都关进疯人院，免得他们去祸害清醒的人。如果他们愿意撞碎自己的骨头、毁掉自己的车、弄瘸自己的马，那是他们自己的事，我们或许可以不去管他们；但在我看来，遭难的总是无辜者，他们还说什么赔偿！你不可能赔偿得了，除了损失一匹像老朋友一样的好马之外，还有所有的麻烦、恼怒和时间损失——说赔偿就是无稽之谈！要说我最想在无底洞里看到什么魔鬼的话，那一定是酒鬼。”

“我说，杰瑞，”理事说，“你把我踩得够狠的！我做得不如你，实在是羞愧，真希望也能跟你一样。”

“好吧，”杰瑞说，“理事先生，你为什么不干脆把酒戒了呢？你这么一个大好人，不该被这种东西牵着鼻子。”

“我是个大傻瓜，杰瑞，我曾经试过两天，但觉得自己跟死了似的。你是怎么戒掉的？”

“我努力了好几个星期，你知道我从来没有喝醉过，但我发现我管不住自己，当想喝的劲儿上来了，说‘不’是非常困难的。我明白，无论是酒鬼还是杰瑞·巴克，我们中必有一个会倒下。然后我说，上帝保佑我，我不会让杰瑞·巴克倒下。但这是一场挣扎，我希望得到所有可能的帮助，直到我试着改掉这个习惯时，我才知道它有多顽固。不过那时，波莉煞费苦心

地给我准备好吃的，每当酒劲儿上来，我就喝一杯咖啡，或者吃点儿薄荷糖，或者看会儿书，这对我很有帮助。有时候，我不得不一遍又一遍地跟自己说：‘戒酒吧，不然你的灵魂就没了！戒酒吧，不然多伤波莉的心！’感谢上帝，还有我亲爱的妻子，我的枷锁被打破了，这十年来我一滴酒也没尝过，而且我再也不想它了。”

“我很想试试，”格兰特理事说，“因为控制不住自己是件很可怜的事。”

“那就戒，理事，戒吧，你永远不会为此后悔，再说如果我们车队里的一些可怜的家伙看见你戒了酒，那是带了多好的头！我知道如果可以的话，有两三个人都想远离那个酒馆。”

起初，上尉似乎表现不错，但他是一匹很老的马，多亏他体质很好，再加上杰瑞的悉心照料，才让他在出租马车

行里干了这么久。现在他身体垮得厉害，马医说可以好好休整一下，还能卖个几英镑，但杰瑞说不行！为了几英镑把这么好的老忠仆卖到悲惨的地方去做苦工，会把他剩下的钱都败光的。他认为他能为这个出色的老伙计做的最仁慈的事情就是给上一枪，这样上尉就再也不用受苦了，因为杰瑞不知道上哪儿去找一个好心的主人让他安度余生。

做出决定后的第二天，哈里带我去铁匠那里买了一副新蹄铁。等我回来时，上尉已经走了。我和家人都非常难过。

杰瑞现在必须再找一匹马，他很快通过一个在贵族马厩里做马夫副手的熟人打听到了一匹马的消息。这是一匹很值钱的年轻马，但因为突然跑开，撞上了另一辆马车，把老爷甩了出去，自己也伤得不轻，又坏了名声，再也不适合待在绅士的马厩里了。马夫奉命四处看看，尽可能把他卖掉。

“只要这匹马性子不是太恶劣或者嘴巴太僵，我倒是很有兴趣。”杰瑞说。

“他没一点儿坏毛病，”那人说，“他的嘴巴很敏感，我认为那就是事故的原因。你知道，他的蹄子刚被修剪过，天气又不好，运动量也不够，当他走出去时，又会像气球一样充满了活力。我们管事（马夫，我是说）给他套上了又紧又结实的马具，用的是马颌缰[1]，加

1. 马颌缰：一种用来固定马头或控制马头朝上活动的装备（通常包括一条固定在肚带上的皮带，皮带穿过两条前腿之间分叉为两根，末端各带一个缰绳环，两侧缰绳各从中穿过）。

上勒马缰，还有一种棱角锐利的马衔铁，缰绳被绑进嘴里的衔铁上。我相信就是那东西把马搞疯了，因为他嘴巴很嫩，精力又那么足。”

“很有可能，我去看看他吧。”杰瑞说。

第二天那匹马就来家里了。他的名字叫热刺，是一匹漂亮的棕色马，全身上下没一根白毛；个头和上尉一样高，脑袋非常帅气，只有五岁大。我亲切地跟他打招呼以示友好，但没有问他任何问题。第一个晚上，他非常不安，也不躺下休息，而是把拴在环上的缰绳不停地上下扯动，缰绳在马槽的木条上碰来碰去的声音搞得我无法入睡。然而，第二天，套进出租马车五六个小时后，他安静而懂事地进来了。杰瑞拍了拍他，跟他说了很多话，很快他们就互相理解了。杰瑞说，只要给他一个轻松的马嚼子和足量的工作，他就像一只小羊羔一样温顺了。他还说，这就像一阵邪风，不知道对谁有利，如果说那位老爷失去了一匹一百金币的宝马，那么赶车人就得到了一匹精力充沛的好马。

热刺认为当一匹拉出租马车的马很没面子，对站在车队里很反感，但一周结束后他跟我坦白说，嘴巴轻松和脑袋自由足以弥补很多；毕竟，这项工作并不像把头和尾巴紧紧固定在马鞍上那么有损尊严。事实上，他适应得很好，杰瑞非常喜欢他。

45 杰瑞的新年

对一些人来说，圣诞节和新年是非常快乐的时光，但对赶车人和马匹来说，这可不是什么节日，尽管收入可能不少。那么多聚会、舞会以及营业的娱乐场所，经常到很晚才结束。赶车人和马匹都非常辛苦，有时不得不在雨中或严寒中等上几个小时，冻得瑟瑟发抖，里面寻欢作乐的人们却在音乐中翩翩起舞。我不知道那些美丽的女士们可曾想过，疲惫不堪的赶车人们正在驾车位上等着，而他耐心的牲口一直站着，腿都冻得僵硬了。

现在大部分晚上的活儿都是我干，因为我已经站习惯了，杰瑞也更担心热刺着凉。圣诞节那一周，我们接了很多晚上的工作，杰瑞咳嗽得很厉害。但无论回来多晚，波莉都会起身提着灯出来迎接他，看上去很是焦虑和担忧。

新年之夜，我们必须拉两位先生去西区广场的一所房子。我们在九点钟把他们放下来，被告知十一点再来，“不过，”其中一位说，“因为是牌局，你们可能要等几分钟，但可别来晚了。”

当十一点的钟声敲响时，我们已经在门口，因为杰瑞总是很准时。钟敲响了一刻、两刻、三刻，然后十二点的钟声响起，但门一直没开。

风一直变化无常，白天是狂风暴雨，现在突然下起了刺骨的雨夹雪，雨雪似乎从四面八方倾泻而来。天气非常冷，也没有地方躲避。杰瑞跳下车，走过来把盖布往我脖子上拉了拉。他来回转了一两圈，不停地跺着脚，又开始拍打手臂，但这使得他咳嗽起来。于是，他打开车门坐在车底部，两只脚踩在人行道上，这样就能稍微遮挡一下。钟继续在每一刻敲响。十二点半，他摇响了门铃，问仆人晚上还用不用车。

“哦，是的，肯定要用你的车，”那人说，“你千万别走，很快就会结束的。”杰瑞又一次坐了下来，但他的声音哑得几乎听不见。

一点一刻的时候，门开了，两位先生走了出来，一声不吭地钻进车厢，告诉杰瑞去哪儿，到那里差不多有两英里。我的腿都冻得麻木了，我想我应该走得磕磕绊绊。下车后，他们没说一句抱歉的话——让我们等了那么久，只是对收费很是不满。杰瑞从不多收，不过也不会少收，他们不得不为两个小时一刻钟的等待买单。但对杰瑞来说，这钱可挣得太不容易了。

我们终于回到家，杰瑞几乎说不出话来，咳嗽得非常厉害。波莉什么也没问，只是打开门，为他提着灯。

“我能做点什么吗？”她说。

“好的，给杰克弄点热乎的东西，然后给我煮点儿粥。”

他嘶哑着嗓子低声说着，几乎喘不过气来，但还是像往常一样给我搓揉身体，甚至到草棚里多拿了一捆稻草给我铺上。波莉为我端来了热乎乎的糊糊，我吃后舒服了些，然后他们锁上了门。

第二天早上很晚了才有人来，就哈里一个。他给我们搞卫生，喂我们饲料，清扫牲口棚，又把稻草放回去，就好像今天是星期天一样。他一直闷声不响，既不吹口哨也不唱歌了。中午，他又来给我们食物和水，这次多丽和他一起来了。她在哭。我从他们的说话中听出杰瑞病了，现在很危险，医生说情况很糟。就这样过了两天，家里一直忙乱不堪。我们只见到哈里，有时也见到多丽，我想她是来找玩伴的，因为波莉总是待在杰瑞身边，他需要安静休养。

第三天，哈里在马厩时听到有人敲门，格兰特理事进来了。

“我就不去家里了，孩子，”他说，“但我想知道你爸爸怎么样了？”

“很不好，”哈里说，“他的情况糟透了，他们说是‘支气管炎’，医生认为能不能好转就看今晚了。”

“那是糟糕，太糟糕了，”格兰特摇着头说，“我知道上星期有两个人倒在这个病上，这病要起命来根本来不及做什么。不过只要活着就有希望，所以你一定要打起精神。”

“是的，”哈里赶紧说，“医生说爸爸比大多数人希望大一些，因为他不喝酒。他说昨天烧得那么厉害，如果爸爸酗酒，就会像纸一样烧起来。可我相信他能挺过去；您不觉得吗，格兰特先生？”

理事似乎有点儿不知所措。

“如果说好人真的有好报，我相信他会的，我的孩子。他是我所知最好的人了。我明天一早再来看情况。”

第二天一大早他就来了。

“怎么样？”他问道。

“爸爸好转了，”哈里说，“我妈妈相信他会好起来。”

“老天保佑！”理事说，“现在你们得让他暖暖和和的，让他心情舒畅，这让我想起马来了。你看，杰克在暖和的马厩里待上一两个星期就会好起来，你可以带他到街上随便转转，舒展一下筋骨。但是这匹年轻的马，如果不给他找点儿活干，很快就会放任坏了，会让你吃不消的，到时候出去拉车肯定会有麻烦。”

“现在就是这样，”哈里说，“我一直让他少吃点儿谷子，可他太有精神了，我不知道该拿他怎么办。”

“就是这样，”格兰特说，“现在，听着，你能不能告诉你妈妈，如果她同意的话，我会每天来接他，直到事情安排好为止。我带他去好好干一阵活儿，不管挣多少，我都会拿一半给你妈妈，多少挣点儿饲料钱回来。我知道你父亲加入了一个很好的俱乐部，但那也不够养活这些马，他们这段时间会把他吃穷的。我中午再来，听听她怎么说。”他不等哈里道谢就走了。

中午，我想他去见了波莉，因为他和哈里一起来到马厩，给热刺套上了马具，带他出去了。

一连一个多星期，他都来接热刺，每当哈里向他道谢或说起他的好心，他都一笑置之，说这都是他的好运气，因为他的马也想休息一下，否则他们也没这个机会。

杰瑞的病情一天天好转，但医生说，如果他想活到老，就绝不能再回去干出租马车这一行。孩子们在一起商量了很多次，讨论爸爸妈妈会怎么做，以及他们该如何帮忙赚钱。

一天下午，热刺又湿又脏地被带了进来。

理事说：“街上到处都是泥水，我的孩子，把他弄干净了，再把他擦干，你得好好花点儿力气。”

“没问题，理事先生，”哈里说，“我不会丢下他不管的，您知道，我可是我爸爸训练出来的。”

“我希望所有男孩都能跟你一样好。”理事说。

就在哈里用海绵擦去热刺身上和腿上的泥巴时，多丽走了进来，一脸心事重重的样子。

“谁住在费尔斯托，哈里？妈妈收到了一封从费尔斯托来的信，她好像很高兴，拿着信跑上楼去找爸爸了。”

“怎么，你不知道？那是福勒夫人所住的地方，她是妈妈以前的女主人，你知道的，爸爸去年夏天遇到的那位女士，人家给了我们俩每人五个先令。”

“哦！是福勒夫人呀。我当然知道，全都知道。我想知道她给妈妈的信里说了什么。”

"妈妈上星期给她写了信，"哈里说，"她告诉过爸爸，如果他什么时候放弃跑出租马车的工作，就跟她说一声。我很想知道她怎么说，你快进去看看，多丽。"

哈里哼哧哼哧地帮热刺擦洗着，就像个老到的马夫。不一会儿，多丽蹦蹦跳跳着走进了马厩。

"哦！哈里，简直太好了，福勒夫人说让我们都去她家附近住，那儿有一座农舍现在空着，对我们正合适，还有花园、鸡舍和苹果树，什么都有！她的马夫春天就要走了，到时候她想让爸爸来接替他的位置；说附近有很多人家在那里，你可以找个花园或马厩的活计，或者当个杂工；还有一所适合我的好学校；妈妈又哭又笑的，爸爸看上去非常高兴！"

"竟然有这么好的事情，我要说，这么着是对的，对爸爸和妈妈都合适。可我不打算做一个穿着紧身衣服、系着一排纽扣的杂工。我要当一名马夫或者园丁。"

他们很快就决定下来，等杰瑞的病好得差不多了，就搬到乡下去，并尽快卖掉马车和两匹马。

这对我来说是个沉重的消息，我现在已经不年轻了，不能指望自己的状况会有任何好转。自从离开波特威克庄园以后，我从来没有像和我亲爱的主人杰瑞在一起时这么幸福过。可三年跑出租马车的工作，即使在最好的条件下，也会影响一匹马的体力，我感觉自己已经不比以前了。

格兰特当即表示他要带走热刺，站上也有人想买下我，但杰瑞说我不该再随便跟什么人去拉出租马车了，理事答应要给我找个合适的地方。

分别的日子到了。杰瑞还没有被允许出门，自从新年夜之后我就再也没有见过他。波莉和孩子们来向我道别。“可怜的老杰克！亲爱的老杰克！真希望我们能带你一起走。”说完后，她把手放在我的鬃毛上，用脸贴近我的脖子亲吻我。多丽哭了，也吻了我。哈里抚摩了我半天，但什么也没说，只是显得很伤心。接着，我就被带着去了新家。

第四部分

46　杰克斯和女士

我被卖给了杰瑞认识的一个谷物经销商兼面包店老板，杰瑞觉得我在他那里应该能吃好喝好，工作也轻松。首先他说得很对，如果我的主人一直在店里，我想他应该不会让我拉超载的车。但有一个工头总是在火急火燎地催促，我的车已经装得很满了，他还一遍遍地命令再装点儿别的。赶车人名叫杰克斯，他经常说不该让我拉那么多东西，但工头从来不听。“一趟就够了，用不着跑两趟。”他总是选择把事情往前赶。

像其他赶车人一样，杰克斯总是把勒马缰拉起来，这让我无法轻松地拉车。在那里干了三四个月后，我发现这活计非常消耗体力。

有一天，我装载的货物比往常多，有一段路是陡峭的上坡，我用尽了全身力气还是上不去，不得不一次次停下来。这让我的赶车人很不高兴，他狠狠抽了我一鞭子。“快走，你个懒东西，”他说，“不然我收拾你。”

我再次开始拉沉重的货物，挣扎着向前走了几步；鞭子再次落下，我再次挣扎着往前。马车鞭抽得我生疼，但我的心和我可怜的身体一样疼。在我拼命全力以赴的时候，受到惩罚和辱骂让我如此难受，心都要碎了。他第三次狠狠地鞭打我时，一位女士快步走到他跟前，用甜美、恳切的声音对他说：“天哪！请别再用鞭子抽打你的好马了，我相信他已经尽了全力，而且路这么陡，他已经尽了最大的努力了。”

“如果尽了最大努力还不能把车拉上去，那他就必须再加把劲儿，我就知道这么多，夫人。”杰克斯说。

“是不是装的货有些重了？”她问。

“是的，是的，太重了，”他说，“但这不能怪我，我们刚要出发的时候工头来了，为了省事，他要再多装三百磅，我只能听从，尽我所能地拉货。”

他再次举起了鞭子，这时女士说：“请别打了，如果你不介意，我想我可以帮你一下。”

男人笑了起来。

“你看，”她说，“你没给他一个公平的机会，他的头被勒马缰束缚着，没法使出全部的力气，如果你能把它拿掉，我相信能好一些——就试一试吧，”她说得令人信服，“如果你愿意的话，我会非

常高兴的。”

“好吧，好吧，”杰克斯笑着说，“当然愿意，只要能让一位女士高兴。您希望把缰绳放多低，夫人？”

“完全放开，还他的脑袋自由。”

缰绳被解了下来，我立刻就把头垂到膝盖上。真是舒服极了！我把头上下摆动了几下，以消除脖子上的酸痛。

“可怜的家伙！这才是你想要的，”说着，她用手温柔地拍打并抚摩我，“现在，要是你能跟他说点儿好话，牵着他往前走，我相信他会做得更好的。”

杰克斯牵着缰绳说：“来吧，小黑。”我低下头，把全身的重量都压在颈圈上，使出了全部的力气，车子继续走起来，我稳稳当当地把它拉上了坡，然后停下来喘一口气。

那位女士一直沿人行道走着，此时她穿过来走到马路上，抚摩和拍打着我的脖子，我已经有很久没被人拍打过了。

“你看，只要你给他机会，他会很情愿出力的，我相信他是匹脾气很好的马，我敢说他以前有过好日子。你不会再把那缰绳套上去了，是吧？”因为杰克斯正要按老规矩把勒马缰套上去。

“好吧，夫人，我不否认他的脑袋帮他爬上了坡，下次我会记住的，谢谢您，夫人。不过要是他不戴勒马缰，出去会被所有赶车人笑话的。这是一种时尚，您知道。”

“倡导一种好时尚不是比追随一种坏时尚更好吗？现在很多绅

士都不用勒马缰了，我们家的马不用勒马缰已经有十五年啦，拉车时比那些戴勒马缰的马要轻松得多。另外，”她用非常严肃的口吻补充道，“我们没有权利让上帝创造的任何生灵感到痛苦，除非有充足的理由。我们称他们为不会说话的动物，他们确实无法说出心里的感受，但痛苦并不会因此而有丝毫减少。我现在不耽误你的时间了，感谢你用你的好马尝试了我的方法，相信你会发现这个方法比鞭子好用得多。再见。”她再一次轻轻拍了拍我的脖子，脚步轻盈地穿过小路，此后我再也没有看见过她。

“那是一位真正的女士，我不能不听，”杰克斯自言自语，“她讲话彬彬有礼，就好像我是一位绅士。不管怎样，上坡的时候我要试试她的法子。”我得为他说句公道话，他把我的缰绳放松了好几个孔，之后上坡的时候，他总是把我的头解放出来。但超重的货车我还得拉。良好的喂养和合理的休息可以让人在全力工作时保持体力，然而没有一匹马能够扛得住超负荷的工作。因此，我被彻底拖垮了，于是他们买了一匹更年轻的马来代替我。在这里，我不妨提一下我当时遭受痛苦的另一个原因。此前我听马匹们说起过，但自己从来没经历过这种恶劣的条件，就是马厩里光线非常差，只在马厩最后面有一扇小小的窗户，隔栏里几乎一片漆黑。

这不仅让我情绪压抑，视力也大不如以前了。每当我突然从黑暗中被带到刺眼的日光下时，眼睛就非常难受，有好几次绊在了门槛上，几乎看不清要走的路。

我相信，如果我在那里待的时间长了，会变成一匹半瞎的马，那将是巨大的不幸。我听人说过，赶一匹全盲的马比赶一匹视力半盲的马更安全，因为后者通常更容易受惊。不过，我还是逃过了这一劫，视力没有受到任何永久性的伤害，而后我被卖给了一个出租马车主。

47 艰难时日

新主人的模样我永远不会忘记：他长着一双黑眼睛，鹰钩鼻子，一口和斗牛犬一样的牙齿；说话的声音就像车轮碾过碎石子一样刺耳。他的名字叫尼古拉斯·斯金纳，我相信可怜的“潦倒的山姆”就是为他赶车的。

以前听人说，眼见为实，但我应该说，切身感受才可靠。我以前见过的也多了，但直到现在我才知道出租马的生活是多么悲惨。

斯金纳的出租马车都是破破烂烂的。他对赶车人很苛刻，赶车人对马也就很苛刻。在这个地方，我们星期天没有休息，而且时值盛夏酷暑。

有时在星期天的早上，一帮寻欢作乐的男人会租用马车一天，其中四个人在车里，另一个人和赶车人坐一起，我得把他们送到十到十五英里外的乡下，然后再拉回来。上坡时他们没一个人会下车走路，不管山路有多陡、天气有多热——除非赶车人，说真的，也就是怕我拉不上去。有时我热得要命，加上疲惫不堪，几乎吃不下东西。我一度非常向往杰瑞在炎热的星期六晚上给我们吃的那种美味的麸皮糊，里面加了硝盐，能让我们感到凉快，非常舒服。然后，我们有两个晚上和一整天不间断的休息；到星期一早上，我们又像年轻的马儿一样精神抖擞。可在这里却没有休息，我的赶车人同他的主人一样苛刻。他有一条残忍的鞭子，鞭子末端有尖锐的东西，有时会把我抽出血来，他甚至会抽我肚子底下，再把鞭子甩到我的头上。这样的侮辱让我心如刀割，但我仍然竭尽全力，从来不懈怠，因为就像可怜的生姜所说，反抗是没用的，人是最强悍的。

我现在的生活如此悲惨，真希望自己能像生姜一样在干活时倒下，彻底摆脱痛苦。有一天，我的愿望差一点儿就实现了。

早上八点，我来到出租马车站，拉了好几趟活儿。这时，我们必须送一位客人到火车站。一列很长的火车马上就要进站了，赶车人把车停在外面几辆出租马车的后面，瞅机会拉回程的客人。这趟火车下来的人非常多，所有的出租马车很快就坐满了，我们的车也被人叫住。一行有四人，一个吵吵嚷嚷的男人带着一位女士，一个小男孩和一个女孩，还有许多行李。男人安顿行李的时候，女士和小男孩上了出租马车，女孩走过来看着我。

“爸爸，”她说，“我敢肯定，这匹可怜的马儿没法载着我们和

我们所有的行李走这么远，他太虚弱、太疲惫了。你看看他。”

“哦，他没事的，小姐，”我的赶车人说，“他壮得很。”

搬运工正在拖几个沉重的箱子，他向那位先生建议说，既然有这么多行李，是否需要再叫一辆马车。

“你的马到底行不行？”那个吵吵嚷嚷的男人说。

“哦！他没问题的，先生。把箱子搬上来吧，搬运工，他还能拉更多的东西。”他帮着把一个箱子搬了上来，箱子太重了，我能感觉到身子被压得低了下去。

“爸爸，爸爸，就再叫一辆车吧，”女孩用恳求的语气说，“我确信我们这么做是不对的，这样肯定太残忍了。”

“瞎说，格蕾丝，赶快进去，别大惊小怪的。如果一个商人在雇车之前还得把拉车的马检查一遍，那叫什么事儿。那是赶车人的事情，他自然知道。行了，进来吧，别再说话了！”

我温柔的朋友不得不听她爸爸的。一个又一个箱子被搬了上去，放在马车顶部或安顿在赶车人身边。终于一切就绪，他像往常一样把缰绳猛地一拉，鞭子一挥，赶着我出了车站。

车非常重，而我从早上起就没吃东西，也没休息过。但我一如既往地尽我最大的努力，忍受着残酷和不公。

在到达路德盖特山之前，一切还算顺利。可到这里我已经筋疲力尽，车的重量让我力不从心。我挣扎着往前走，被缰绳和鞭子不断地驱赶着，就在这时——也不知怎么回事——我的腿在我身子底下软了下去，我重重地侧身摔倒在地上。因为太突然，摔得又重，几乎把我全身的气儿都摔了出去。我躺在那里一动不动，事实上，我已经没气力动弹了，我想此刻我就要死了。我听到周围一片混乱，有人大声怒骂，有人把行李拿下来，但这一切都像在做梦一样。我仿佛听到那个甜美而可怜的声音在说："哦，那匹可怜的马！都是我们的错。"有人过来松开我笼头上脖颈处的皮带，把我颈圈上勒得很紧的绳索解开。有人说："他死了，再也起不来了。"然后，我听到一个警察在下命令，但我依然没睁开眼睛。我只能时不时地喘一口气。有人往我头上浇一些冷水、往我嘴里灌某种药水，还在我身上盖了些东西。我不知道我在那里躺了多久，但发现自己渐渐又活过来了；一个声音和蔼的人拍着我、鼓励我站起来，又给我灌了一些药。尝试了一两次之后，我摇摇晃晃地站了起来，被慢慢地牵着来到附近的马厩。在这里，我被放进一间铺了很多褥草的隔

栏，有人端来一些暖乎乎的燕麦粥，我感激地喝了下去。

傍晚时分，我恢复得差不多了，他们便把我牵回斯金纳的马厩，我想他们已经为我尽了最大的努力。早上，斯金纳带着一个马医来看我。仔细检查过后，马医说："与其说是疾病，不如说是过度劳累。如果你能放他休息六个月，他就能重新干活儿了。现在，他一点儿力气也没有了。"

"那只能让他完蛋，"斯金纳说，"我可没有草场来调养病马，他可能会好，也可能不会，那种事不适合我的生意。我的想法是，只要他能走，就得让他干活儿；干不动了就把他卖掉，给屠宰场或者别的什么方，卖多少算多少。"

"要是他喘得厉害，"马医说，"你最好当场给他个痛快，但他没有。大约十天后有一场卖马会，如果你让他休息好、把他喂饱，他可能会好转，无论如何，你得到的肯定比一张马皮值钱。"

斯金纳采纳了这个建议——我想他很不情愿，命令下人把我喂好、照顾好。令我高兴的是，马夫执行起命令来，倒是比他主人下命令时要乐意得多。十天的充分休息，大量上好的燕麦、干草，还有掺了煮过的亚麻籽的麸皮糊，这些比什么都管用，我的身体状况好了很多。亚麻籽糊糊真是美味，我开始觉得，活着可能比死了好。事故发生后的第十二天，我被带到离伦敦几英里远的卖马会。我觉得，与我眼下的境地相比，去哪儿都会比现在的好，所以我昂起头，希望能有最好的结果。

48　农夫萨若古德和他的孙子威利

这一次卖马会上，当然，我发现自己跟那些老弱病残的马在一处——他们有的瘸了，有的得了气喘，有的老了，有的惨得我相信还不如行行好，一枪了结算了。

买家和卖家们也是这种情形，许多人看起来并不比他们讨价还价的可怜牲畜好多少。有些可怜的老人，想花几英镑买一匹马或一匹矮马，他们可以拉一些装木柴或煤块的小马车走街串巷。有些穷人想用一匹衰老不堪的牲口换两三个英镑，这相比直接杀掉损失小一些。其中有几个人，看上去贫穷和艰难的岁月似乎让他们的心肠完全变硬了。可还有一些人，我愿意用我最后的力气为他们效劳。他们贫穷、寒酸，但善良、有人情味，听他们的声音就让人信任。有一个脚步蹒跚的老人很是喜欢我，我也很喜欢他，可惜我不够强

壮——那一刻真让我焦急啊！我注意到，从集市上卖好马的地方走来一个看起来像是农场主的绅士，身边还带着一个男孩。老人宽厚壮实，有一张和善、红润的脸，头戴一顶宽檐帽。这时，他走到我和同伴们跟前，站在那里，用一种怜悯的眼神打量我们。我看见他的目光停在了我身上：我的鬃毛和尾巴还很好，这多少让我的样子看起来还不错。我竖起耳朵，看着他。

“威利，这儿有匹马，他以前应该有过好日子。”

“可怜的老伙计！”男孩说，“爷爷，你是不是觉得他以前是拉出租马车的？”

“哦，是的！我的孩子，”农夫走近些，说，“他年轻时可能非常神气，看看他的鼻孔和耳朵，还有他的脖子和肩膀的形状，这匹马相当有教养。”他伸出手，亲切地拍了拍我的脖子。我伸出鼻子回应他的好意，那男孩抚摩着我的脸。

“可怜的老伙计！你看，爷爷，他对人多么友好啊。你就不能像对瓢虫那样把他买下来，让他重回年轻吗？”

“我亲爱的孙儿，我可没法让所有的老马都变年轻；再说，瓢虫不算太老，她只是累垮了，而且受了虐待。”

“哎呀，爷爷，我不相信这匹马老了，你看他的鬃毛和尾巴。我希望你看看他的嘴，这样你就知道了。虽然他这么瘦，但他的眼睛不像一些老马那么凹陷。”

老先生大笑起来：“瞧这孩子！跟他的老祖父一样好马。”

“你就看看他的嘴吧，爷爷，然后问问价钱。他会在我们家草场上重回年轻的，我肯定。”

带我来卖马会的那个人现在开口了。

“这位年轻的绅士真有眼力，先生。事实上，这匹马只是拉出租马车劳累过度才垮下来的，他并不老，我听马医说，只要放他休养六个月就能恢复起来，因为他的呼吸道没损坏。这十天来，我一直在照顾他，我从未见过比他更懂得感恩也更讨人喜欢的马了。如果有一位绅士肯为他出一张五英镑的钞票，给他个机会，肯定是值得的。我敢保证，到明年春天他就值二十英镑了。”

老先生笑起来，小男孩急切地仰头望着他。

“哎呀，爷爷，你不是说那匹小马驹比你预期的多卖了五英镑吗？如果买了这匹，你也不会吃亏的。”

老人慢慢地摸了摸我的腿，它们肿胀得厉害，紧绷绷的。然后他看了看我的嘴。“有十三四岁吧，应该说。现在让他跑两步，怎么样？”

我弓起我可怜的细脖子，把尾巴稍稍翘起，尽可能地把腿甩出去，它们太僵硬了。

跑回来时，老绅士说：“你最低卖多少钱？”

“五英镑，先生。这是我们主人定的最低价。”

“真是投机，”老先生说着，摇了摇头，同时慢慢地掏出钱包，“完全是投机！你这里还有别的事务吗？”他一边说，一边数着手中的金币。

“没有了，先生，如果您愿意，我可以帮您把他带到旅店去。”

“那走吧，我现在正要去那儿。”

他们往前走去，我被牵着跟在后面。那男孩高兴得不得了，老先生似乎也乐在其中。我在那家旅店饱餐了一顿，然后由新主人的仆人慢慢骑回家，拐进一片大草场，草场的一角有一间棚子。

萨若古德先生——我恩人的名字，他吩咐男孩每天早晚给我吃干草和燕麦，白天让我在草场上跑一跑。“你呢，威利，”他说，“你必须好好照管他，就把他交给你了。”

这孩子为自己要负责的事感到自豪，并一本正经地承担下来。他没有一天不来看我；有时把我从其他马当中挑出来，给我一点儿胡萝卜或别的什么好吃的；有时在我吃燕麦的时候，他就站在我旁边。他来时总是会一边跟我说亲切的话一边爱抚我，我当然越来越喜欢他了。他叫我“老伙伴”，因为我经常到田野上去找他，跟着他到处跑。有时，他也带着爷爷来，爷爷总是仔细查看我的腿。

“这才是我们要重点关注的，威利，”他说，“还好他正一步步好转，我想到了春天我们会看到更大的变化。”

充足的休息、可口的食物、柔软的草皮，加上温和的运动，我的身体和精神状态很快就有了起色。我从母亲那里遗传了良好的体

质，小的时候也从未受过劳累，因此我比许多还没完全长大就开始干活的马更有希望康复。冬天，我的腿好了很多，我开始觉得自己又年轻了。春天又到了，三月里的一天，萨若古德先生决定让我试一试四轮轻便马车。我也很乐意，他跟威利驾着我跑了几英里。现在我的腿不僵硬了，干这活完全不费力。

“他越来越年轻了，威利，现在我们得让他干点儿不太重的活儿，到仲夏时他会跟瓢虫一样好。他有一张出色的嘴巴，步伐也不错，这些都再好不过了。”

“啊，爷爷，我真高兴你买了他！”

“我也高兴，孩子，但比起我，他肯定更感激你。现在我们得为他寻找一个安静、有教养的人家，这样他才会受到重视。”

49　我最后的家

这个夏季的一天，马夫非常用心地为我梳洗、打扮，我想，我的生活一定是要有新的变化了。他为我修剪了蹄子和腿毛，用柏油刷把我的蹄子刷亮，甚至把我的额毛分好。我想我的马具也被特地擦亮了一遍。威利和爷爷一起坐上马车时，似乎显得有些紧张。

“如果女士们看中了，”老先生说，“双方就都合适了，他们彼此会喜欢的。咱们就试试看。”

我们来到离村庄一两英里远的地方，在一幢漂亮、低矮的房子前停了下来。房子前面有草坪和灌木，一条车道直通到门口。威利摇响了门铃，问布洛姆菲尔德小姐或爱伦小姐是否在家。是的，她们在家。于是，威利陪我站着，萨若古德先生进了屋。大约十分钟后，他回来了，身后跟着三位女士。一位身材高挑、面色苍白，裹着白色披肩，倚靠着另一位年轻的女士——她有着深色的眼睛，一脸快活的神情；另一位，就是布洛姆菲尔德小姐，她看起来非常庄重优雅。她们都走过来看我，问东问西。那位年轻的女士，也就是爱伦小姐，对我非常亲近，她说她肯定会喜欢我的，还说我的脸长得真好看。那位高个、苍白的女士说，坐在一匹曾经摔倒过的马上面她总是会紧张，因为我可能再次摔倒；如果我真的倒下了，她将永远无法从这种惊吓中恢复过来。

"你看，女士们，"萨若古德先生说，"许多一流的马自己没有任何过错，但因为赶车人的粗心大意弄伤了膝盖，从我对这匹马的观察来看，他应该就是这种情况。不过，当然，我不想影响您的判断。如果愿意，您可以试用他几天，您的马夫就会明白他到底怎么样。"

"在马这件事上，您一直是我们的好顾问，"那位庄重的女士说，"您的推荐对我非常有帮助，如果我姐姐拉维尼娅不反对的话，我们就接受您的提议试用几天，非常感谢您。"

第二天早上，一个看起来很精干的年轻人来接我。起初，他见到我很是满意，但看到膝盖时，他失望地说："我没想到，先生，您会给我们的女士们推荐这么一匹有瑕疵的马。"

"干得漂亮才是真漂亮，"萨若古德先生说，"只要你试用过他，我相信就会对他有更公正的看法，年轻人。如果他不如你以前驾驭过的任何一匹马那么安全，就把他送回来。"

于是我被牵到了新家，放进一间舒适的马厩里，吃饱喝足后我就自己待着了。第二天，马夫给我擦脸时说："这跟那匹黑美人额头上的星星一样，个头也差不多，也不知道他现在在哪儿？"

又过了一会儿，他擦到我脖子上放过血的地方，那里的皮肤上留下了一个小疙瘩。他几乎吓了一跳，开始仔细地上下打量我，并自言自语："额头上有颗白星星，右边一只脚是白的，这个小疙瘩也是在这里，"然后，他看着我的脊背中间——"嗯，没错，还有那一小块白毛，约翰过去常叫它'美人的三便士'。一定是黑美人！

嗨，美人！黑美人！你还认得我吗？——我是差点儿害死你的小乔·格林呀！”他开始一遍遍不停地拍我，似乎高兴得忘乎所以。

我没法说我记得他，他现在已经长成了一个漂亮的小伙子，留着黑胡茬儿，声音也像个大人了，但我确信他认得我，他就是乔·格林，真让人高兴啊。我把鼻子凑到他跟前，想告诉他我们是老朋友。我从没见过一个人这么高兴。

“给你一个公平的试用期！我想也是！不知道是哪个混蛋把你的膝盖弄伤的，我的黑美人！你一定在什么地方受了不少虐待，好吧，好吧，要是从今以后你还是没有好日子过，那一定是我的错。真希望约翰·曼利在这儿看见你。”

下午，我被套进一辆庭园矮马车，被带到门口。爱伦小姐想试一试我，乔也陪她一起。我很快发现她是个好赶车人，她似乎对我的步伐很满意。我听到乔跟她讲起我的事情，说他确信我是戈登老爷以前的黑美人。

我们回来时，其他姐妹都出来了，想听听我的表现。爱伦小姐把刚才听到的都告诉了她们，并且说：“我一定要写信给戈登太太，跟她说她最喜爱的马来了我们这儿。她知道了该有多高兴啊！”

在这之后有一个星期左右，我每天都要拉车出去，因为我表现

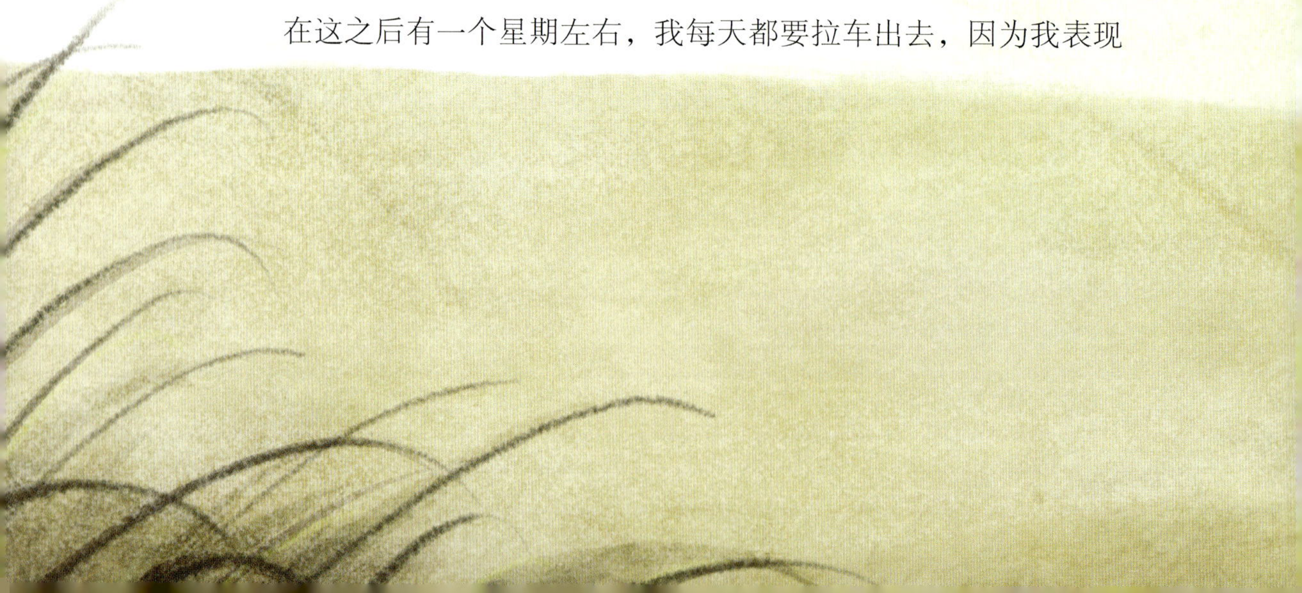

得非常稳妥，拉维尼娅小姐终于勇敢地坐上那辆封闭型小马车出门了。之后大家决定留下我，还按我以前的名字叫我黑美人。

现在，我已经在这个快乐的地方生活了整整一年。乔是最好、最善良的马夫。我的工作轻松愉快，我感觉体力和精神在渐渐恢复。有天，萨若古德先生对乔说：“在你这里，他会一直活到二十岁——说不定更久呢。”

威利一有空就来找我说话，把我当成他特别的朋友。我的女主人们承诺永远不把我卖掉，所以我没什么要担忧的。我的故事就到此结束，所有的痛苦和磨难都过去了，这里是我的归宿。经常，在恍惚中，我幻想自己还在波特威克庄园的果园里，和老朋友们一起，站在苹果树下。

译后记：一匹马的自传

作家与作品

如果一匹马也像我们一样会说话，甚至会写字，他会写下什么样的故事？描述一个什么样的世界呢？

动物童话《黑骏马》就是这样一部虚构的自传，作者是19世纪英国作家安娜·塞维尔。她以马作为第一人称，为我们讲述了一匹血统高贵、聪明帅气的马——“黑美人”从长大到衰老过程中的一次次辗转、变故，以及他身边的人和朋友的一些曲折而令人感慨的经历。从马敏感、丰富的内心世界中，我们更能一瞥19世纪英国社会的缩影，而书中所传达的对动物的爱、同情，甚至是对现实与灵魂的思考，吸引着一代又一代读者。在这匹闪耀着温柔之光、踏着沉稳又坚定步伐的黑美人走向我们之前，我们不妨先将视线稍稍上移，在他的背上坐着一位娴静、优雅的女士。

1820年，安娜·塞维尔出生于英格兰诺福克郡大雅茅斯。彼时，她的父亲艾萨克·菲利普·塞维尔做着小生意，母亲玛丽·塞维尔则是一位已成名的诗人和儿童文学作家。由于经济状况窘迫，安娜直到12岁才第一次去学校读书。14岁那年，生活和命运在这位少女身上留下了可怕的印记。

一次放学回家途中，安娜不慎摔倒，双腿落下了残疾，余生都无法长时间站立和行走，不得不依赖马车出行。一匹可爱乖巧的马陪伴着她一次次的出行，渐渐地，她爱上了这种富有灵性的动物。马像是能听懂她的语言似的，一次次以眼神或是侧着的脑袋回应着安娜在他耳旁的絮语。每每遇到路上其他赶车人粗鲁地鞭打马儿，安娜都会停下车来，好好和赶车人辩论一番。此后，安娜更加关注起当时社会上对待马匹的种种不人道的行为。

1871年至1877年间，安娜写下了《黑骏马》的手稿。与此同时，她的健康每况愈下，经常卧床不起，只好靠母亲记录下口述的内容。《黑骏马》出版时，安娜已经57岁。5个月后，《黑骏马》火遍英国的大街小巷，收获赞誉无数，成了最受孩子们喜爱的读物之一。而此时的安娜，身处英国乡间的一间小屋中，在饱受肺结核的折磨后，合上了双眼，

终年58岁。

14岁的安娜因脚踝的伤病，余生再也无法长时间站立、奔跑。而在书中，安娜这般描述黑美人：“我的一只脚是白色的，额头上有颗醒目的白星星。”在黑美人最美好的年纪，因赶车人的疏忽，他摔倒在石板路上，脚踝肿胀、膝盖破损，命运从此发生了改变——他被迫终日在伦敦繁忙的街道上，拉着一辆又一辆超出自己负荷的马车。但最终，在饱受过所有折磨后，安娜还是让年迈的黑美人来到好心人家，享受充足的阳光、燕麦以及无尽的爱与抚摩。她允许他再次展现出自己独特的白色脚踝，不受限制地在草地上按自己的意愿或是狂奔或是小跑，直至再次来到印象中童年的那棵苹果树下。

或许在黑美人的结局里，安娜正骑着他，回到了过去属于她的美好岁月，摆脱了突如其来、无法控制的痛苦。

永恒的经典

《黑骏马》不仅是在呼吁给予马匹更人道的对待，更是一个伟大的故事。

小说虽然是以超现实手法创作，展现的却是现实主义的真实；虽然一直被当作童话经典，却是适合所有人阅读的杰作。小说以玩耍、打猎、意外、火灾、斗争、分离、选举、偶遇、重逢等各种场景，向孩子们展示了生命和大自然的美好、世情的冷暖、政治的虚弊、灵魂与信仰的困惑，以及亲情和友情的珍贵等，无疑是一部不可多得的优秀文学作品。它对于拓展孩子们的理解和认知，陶冶孩子们高尚的情操，培养孩子们勤劳、执着和坚韧的品性，激发孩子们追求自由、反抗不公的勇气，都有着极好的引导意义。

把《黑骏马》作为儿童读物并非安娜的初衷，她本意是为那些拥有马或与马匹打交道的人写的，以唤起对马的善意、同情，及理智的对待。故事中那位陌生女士可以说是作者的化身："我们没有权利让上帝创造的任何生灵感到痛苦，除非有充足的理由。我们称他们为不会说话的动物，他们确实无法说出心里的感受，但痛苦并不会因此而有丝毫减少。"

1890年8月，美国印第安纳州一家报纸刊登了一篇典型的赞美文章：

> 自从安娜·塞维尔的作品《黑骏马》出版以来，人们越来越多地关注到对马——人类最忠实、最有用的仆人，所进行的残酷行为。我们无比需要这种动物，但由于缺乏经验或无知，我们忘记了马是一种非常微妙和细腻的动物，对痛苦和艰难的感知力像人一样敏感，在听觉和理解力方面几乎和人一样。马无法用语言表达自己的情感，但谁又能说，当人类用殴打和诅咒来迫使他做

力不能及的事情时，他就感受不到人类的残忍呢？

小说特别谴责了使用短勒马缰的行为，并得到了英国皇家防虐待动物协会的热情推荐，在日后废除勒马缰的进程中起到了巨大作用。

译者的絮语

翻译的过程并不如我想象的轻松。首先是我完全不懂马，除了小时候远远看见过，再就是多年来影视剧中的印象了。最难的部分是马匹驯教的内容，各种不同形状和功能的马具着实让我费了不少脑筋——缰绳、笼头、颈圈、眼罩、马勒，马鞍、衔铁、嚼子、尾带、鞦带、肚带、蹄铁、勒马缰、马颌缰等，还有各种不同类型的马车——双轮轻便马车、轻便马车、封闭型轿车、四轮马车、大马车、矮马车、运货马车、出租马车等，形形色色的图片在网上看了无数。到现在，对于马匹这方面的知识我几乎是半个“专家”了。熟悉了这些之后，翻译的速度才渐渐快了起来，思路也顺畅了许多。也是翻译了这本书，才使我对马这种敏感而微妙的动物有了较多的了解，并深深地喜欢上了马。

翻译顺利的时候，一天一个故事一气译完。故事本身非常吸引人，这种时候的译介状态是最好的，但一天总难免受到这样那样的打扰。翻译中的感受也是五味杂陈，译到愉悦痛快处，每每觉得心旷神怡；译到蹇塞为难处，又心力顿挫、坐立难安；译到悲苦痛心处，也时而情不自禁、潸然泪下；译到残暴不公处，又义愤填膺、拍案捶墙，就好像自己也是一匹马。译到最后，黑美人回到了亲切的故人身边，我也长长地舒了一口气！就好像走了很长很长的路，终于，我也到家了。

现在，我把这本书呈给亲爱的读者们，希望黑美人这匹精神小马，引领、陪伴你走过一段成长的道路。

李晖

2023年9月8日，于兰州

安娜·塞维尔年表

1820年3月30日　　出生

生于英格兰诺福克郡大雅茅斯一个虔诚的贵格会教徒家庭，母亲玛丽·赖特·塞维尔（1798—1884），是一位成功的诗人和儿童文学作家；父亲艾萨克·菲利普·塞维尔（1793—1879），是一名店主兼银行职员。由于没有钱上学，主要和弟弟在家中接受母亲的教育。

安娜位于大雅茅斯的住处

1822 年　　2 岁

父亲的小店生意失败，全家搬到了伦敦的达尔斯顿。当时家中经济窘迫，和弟弟经常被送到在巴克斯顿的祖父母家中。

1832 年　　12 岁

全家搬到了斯托克纽因顿，第一次去学校读书。

1834年　　14岁

在放学路上不慎滑倒，双脚脚踝骨折。由于治疗不当，从未完全康复，余生都无法长时间站立或行走，不得不依赖马车出行，逐渐培养起对动物尤其是对马匹的热爱。

1836年　　16岁

父亲在布赖顿找了一份工作，温暖的气候有利于疗养。帮助编辑了母亲撰写的一系列儿童读物，还协助母亲成立了工人俱乐部，并与她一起参加了禁酒和废奴运动。

安娜的母亲

1845年　　25岁

与家人搬到了兰辛，健康状况开始变坏。

1846年　　26岁

与家人前往欧洲寻求治疗。

兰辛小镇

蓝色小屋酒店，曾是安娜位于威克的家

1858年　　38岁

与家人搬到威克居住。

1864年　　44岁

与家人搬到巴斯居住。

1866年　　46岁

弟弟的妻子去世，留下七个年幼的孩子。

1867年　　47岁

为了帮助弟弟，一家人搬到了诺福克郡诺里奇城外的老卡顿村。

1871年至1877年　　51—57岁

在老卡顿村居住时写下了《黑骏马》手稿。在此期间，健康每况愈下，经常虚弱得只能躺在床上，写作成了一项挑战。

1877年11月24日　　57岁

将《黑骏马》卖给了诺里奇的 Jarrold & Sons 出版社，收到了40英镑的一次性稿费。同年，该书出版，也是她一生中唯一的作品。

塞维尔剧院
据说为《黑骏马》的灵感发源地

1878年4月25日　　58岁

因病去世，几天后被安葬在离诺里奇不远的诺福克郡巴克斯顿附近的墓地。

安娜墓地

译者简介 | 李晖

诗人、译者

“豆瓣2023年度译者”获得者。译作《红色手推车》获评“2022年豆瓣年度图书”。译作《黑骏马》以活泼、充满生命力的语言，带领读者以一匹马的视角体验了动物们细腻温柔的内心世界，生动还原了原著原貌，成功入选“作家榜经典名著”。

译作

诗集

2021 《紧急中的冥想》 [美] 弗兰克·奥哈拉

2022 《疯子》 [美] 查尔斯·西，西米克

《弗罗斯特给孩子的诗：未选择的路》 [美] 罗伯特·弗罗斯特

《红色手推车》 [美] 威廉·卡洛斯·威廉斯

《秋江》 [韩] 朴在森

2023 《让我们相信这寒冷季节的黎明》 [伊朗] 芙洛格·法罗赫扎德

小说

2024 《黑骏马》（作家榜经典名著）

作家榜®经典名著

读 经 典 名 著 ，认 准 作 家 榜

作家榜是中国国民文化品牌，自 2006 年创立至今始终致力于“推广全球经典，促进全民阅读”，连续 13 年发布作家富豪榜系列榜单，成功将不同领域的写作者推向公众视野，引发海内外媒体对华语文学的空前关注。

旗下知名图书品牌“作家榜经典名著”，精选经典中的经典，由优秀诗人、作家、学者参与翻译，世界各地艺术家、插画师参与插图创作，策划发行了数百部有口皆碑、畅销全网的中外名著，帮助无数人爱上阅读。如今，“集齐作家榜经典名著”已成为越来越多阅读爱好者的共同心愿。

作家榜除了让经典名著图书在新一代读者中流行起来，2023 年还推出了备受青睐的“作家榜文创”系列产品，一举让经典名著 IP 融入到人们的日常生活中。作家榜品牌母公司大星文化，总部位于中国上海市。

经典就读作家榜
京东官方旗舰店

经典就读作家榜
天猫官方旗舰店

经典就读作家榜
当当官方旗舰店

经典就读作家榜
拼多多旗舰店

策　划
出　品 | 作家榜®

出 品 人 | 吴怀尧
产品经理 | 李嘉峥
美术编辑 | 杨净净　金雨婷
内文绘图 | [英] Holly Reynolds
封面设计 | 梁昌正
特约校对 | 施继勇
特约印制 | 吴怀舜

官方电话 | 021-60839180

图书在版编目（CIP）数据

黑骏马 / (英) 安娜·塞维尔著 ; 李晖译 . -- 成都 : 四川少年儿童出版社 , 2024.3
ISBN 978-7-5728-1388-7

Ⅰ . ①黑… Ⅱ . ①安… ②李… Ⅲ . ①长篇小说—英国—现代 Ⅳ . ① I561.45

中国国家版本馆 CIP 数据核字 (2024) 第 037146 号

HEIJUNMA
黑 骏 马

作　　者：[英] 安娜·塞维尔
译　　者：李晖

出 版 人：余　兰
责任编辑：王三炯
责任校对：王默志
责任印制：李　欣

出　　版：四川少年儿童出版社
地　　址：成都市锦江区三色路238号
网　　址：http://www.sccph.com.cn
网　　店：http://scsnetcbs.tmall.com
经　　销：新华书店
印　　刷：浙江新华数码印务有限公司印刷
成品尺寸：245mm × 185mm

开　　本：16开
印　　张：22
字　　数：250千
版　　次：2024年3月第1版
印　　次：2024年3月第1次印刷
印　　量：1—25000
书　　号：ISBN 978-7-5728-1388-7
定　　价：129.00元

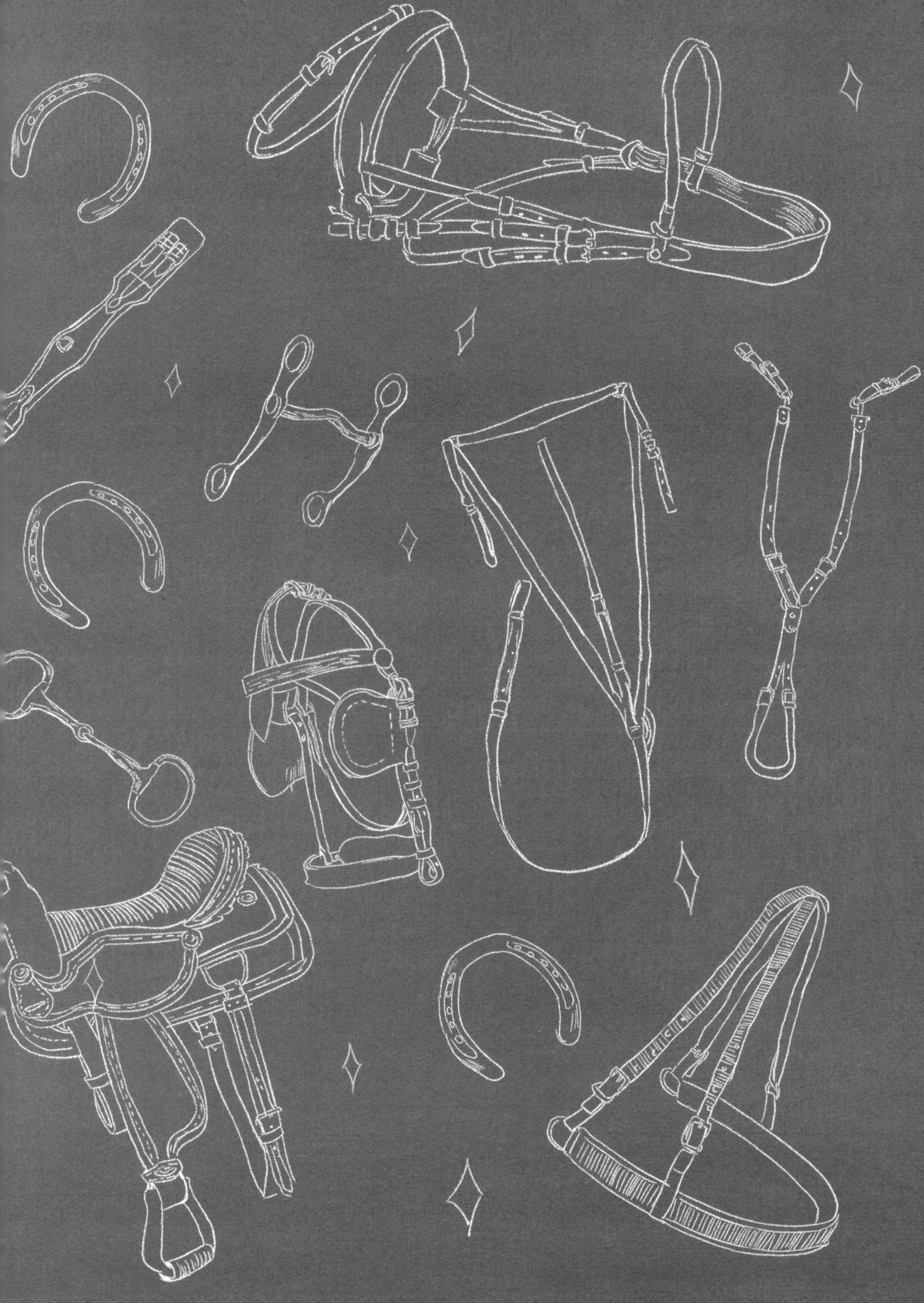